매일
수련
마음
단단

검도 인생 20년 차,
죽도를 죽도록 휘두르며 깨달은 것들

매일
수련
마음
단단

이소 지음

카시오페아
Cassiopeia

검도 인생 20년 차,
성장하는 나를 받아들이며 살아가다

"어쩌다 검도를 시작했어요? 여자가 검도하는 거 드물잖아
요."

우연히 간 송년회 자리에서 누군가가 물었다. 주최자 외에
는 서로 처음 만난 사람들의 모임. 돌아가며 자기소개를 하
는데 '검도하는 사람'이라는 내 말에 사람들이 고개를 갸우
뚱했다. 동그란 안경에 수더분한 표정. 흔히 생각하는 '운동
하는 사람'과 다른 인상을 풍겨서 그랬을까? 그림과 글쓰기,
1년 정도 배운 피아노까지, 검도를 뺀 다른 취미 목록을 보면
얼굴이 주는 인상과 비슷하긴 하다. 검도하는 나를 낯설어하

는 주변의 반응에 왠지 나까지 설득되어버린다.

"수련한 지는 얼마나 되었어요?"

취미를 묻는 사람들은 '왜 시작했는지' 다음으로 '얼마나 했는지' 궁금해했다. 대충 "10년 넘게 했어요"라고 하면 누군가는 이렇게 말한다.

"와, 대단하네요! 옆에 긴 막대기를 두면 안 되겠다."

속으로 생각했다. '막대기만으로 뭘 할 수 있을 리가.'

이런 반응도 있었다.

"혹시 젓가락으로도 상대를 제압할 수 있나요?"

마음의 소리는 더 커졌다. '아니, 아니에요. 긴 막대기는 누가 휘둘러도 무섭고, 젓가락은 한 손으로 잡기에도 턱없이 작다고요!' 물론 상대에겐 "하하, 그럴 리가요"라며 웃어넘겼다. 검도를 배우면 길에서 만난 괴한을 무찌를 수 있을까? 우산이든 빗자루든 뭐라도 길쭉한 물건을 손에 쥐면 천하무적이 될 수 있을까? 글쎄올시다.

오랫동안 지켜온 '검도'라는 저녁 일과는 몸을 움직이며 나를 돌아보는 수련의 시간이었다. 그때 느낀 마음이나 갖추게 된 태도는 세상을 대하는 방식에도 영향을 줬다. 오랜 취미 생활은 그것을 즐기는 사람들에게 속하는 일이기도 했다. 몇 번 회사를 옮기는 동안 동료들은 바뀌었어도 도장 관원들은 계속 봐왔으니까. 그런 면에서 도장 사람들은 나에게 소속감을 줬다. 이런 면면을 떠올리면 검도가 나를 즐겁게 하는 일 이상의 뭔가가 된 듯하다.

오래 애정을 쏟은 취미지만 "검도가 최고야!"라고 말하고 싶진 않다. 무술이라곤 하나 호신술은 아니니까. 그렇다고 일상에 영 보탬이 안 된다고 하기엔 생활에서 힘을 내야 할 순간에 미묘하게 도움이 된다고 해야 하나. 일단 죽도를 계속 휘두르다 보니 손아귀 힘이 세졌다. 택시에서 내릴 때 손목 스냅으로 살짝만 문을 닫아도 "쾅" 소리가 난다. 남자인 아빠가 절절매는 병뚜껑을 여자인 내가 거뜬히 딴다.

빠르게 날아오는 죽도를 자꾸 봐와서 그런지 동체 시력도 심상치 않다. 어쩐지 회사 동료들과 밥 먹을 때 손에서 떨어지는 젓가락을 빨리 잡더라니. 굳이 더 보태자면 야근을 하거나 회사 등산 모임 때 단련된 체력을 꺼내 쓸 수 있다. 서른 넘어서부터는 체력이 점점 떨어지고 있지만 그 속도가 더딘 건 검도 덕이 크지 싶다.

검도를 취미로 삼는 사람은 적다. 운동으로 '달리기', '요가', '필라테스'를 꼽는 사람은 많아도 '검도'라고 말하는 사람은 잘 못 봤다. 그렇게 가뭄에 콩 나듯 수가 적은, 그중에서도 더더욱 흔히 볼 수 없는 여성 검도인. 그게 나다. 운동하는 여자는 대부분 기가 세고 무섭다 했던가. 대련하다가 냄비 바닥으로 꺼지는 라면 국물처럼 졸아드는 나를 보면 꼭 그렇지도 않다.

그러나 겁이 많아 뒷걸음질 쳐도 아주 도망가는 성격은 아닌가 보다. 오랫동안 버티기만 한 듯하지만 수련을 거듭하며 할 줄 아는 게 조금씩 늘어갔다. 도장 구석에서 혼자 근력 운동을 하기도 하고, 자세를 교정하기 위해 거울을 보며 발 모양과 죽도를 쥔 손 매무새를 점검하기도 했다. 시합에 나갔을 때는 이기면 이기는 대로, 지면 지는 대로 이유를 곰곰이 생각해보고 수련 일지를 적어나갔다. 이렇게 수련을 이어가며 많은 사람의 응원을 받기도 하고, 반대로 나를 깎아내리는 말을 듣기도 했다. "여자가 그 정도면 되었어", "쟤 원래 못하는 애야" 같은 말을 들으면 인정하기 싫었다.

"'그 정도면 되었어' 같은 게 어딨어. 못하는 사람도 계속

하다 보면 언젠가 잘하게 돼."

마음으로 곱씹던 이 말을 입 밖으로 내진 못했다. 다만 계속 노력하는 사람으로 남으려 애썼다.

"완성된 사람이 어디 있겠어요. 많이 이루느냐 적게 이루느냐의 차이죠. 저는 '되어가는 사람'이 가치 있다고 생각해요. 사범님은 그런 사람이고요."

언젠가 들은, 오랫동안 나를 봐온 4단 돌 사범님의 말. 한계를 정하지 않고 나아가는 사람이고 싶어 '검도하는 사람'으로서 자리를 지켰나 보다. 나는 어설픈 초보였다가, 어딘지 어색한 중급자였다가, 이제는 5단 승단을 준비 중인 4단이 되었다. 검도를 대하는 마음은 작아지거나 커지길 반복한다. 그 크기가 어느 정도든 웬만하면 도장에 가서 죽도를 휘두른다. 그렇게 '검도하는 나'는 일상이 되었다.

이 책에서 '여러 시합에서 우승 메달을 거머쥐었다'라는 식의 무용담을 전하려는 건 아니다. 다만 스스로 볼품없다고 생각해온 한 사람이 차근차근 자신의 생각과 마음 그릇을 넓혀온 과정을 말해보려 한다. 사람마다 성장 속도는 달라도 반드시 뭔가를 해내는 순간이 온다. 스스로가 뭘 이뤄내야 할지 잘 모르겠다면 자신에 대한 믿음을 성에 찰 만큼 채워가며 천천히 전진해보면 어떨까. 초심자에서 숙련자로 성장한 자신은 생각보다 많은 걸 해낼 것이다. 긴 기다림 끝에 맞이한 그 순간의 기쁨은 이루 말할 수 없다.

검도를 수련하며 자세라든가 공격 기술 등 다양한 부분을 익혔다. 여러 타격 기술을 구현해내는 것도 중요하다. 하지만 가장 큰 배움의 성과를 꼽는다면 막막한 순간 '한 번만 더 해보자'며 마음을 다잡는 자세를 들겠다. 힘든 순간에 외치는 '한 번 더'가 무용하지 않음을 누군가는 알아주길 바라는 마음으로 이야기를 건넨다.

'뛰어나지 않아도 돼. 겁이 많아도 괜찮아. 지금 이 순간 할 수 있는 일을 하나씩 해보자.'

응용

검도 수련자의 기쁨과 슬픔

종합

검도로 넓어진 마음 그릇

무예의 세계로
들어간 문과생

걷는 것보다 눕는 게 더 좋은 사람.

몸이 바쁘기보단 머릿속 상상으로만 분주한 사람.

운동이라곤 걷기와 숨쉬기만 하던 나에게

몸을 움직이는,

그것도 꽤 격하게 움직이는 취미가 생겼다.

바로 죽도를 들고 싸우는 검도.

보통 취미 생활을 시작하면 한두 번,

또는 몇 달의 경험으로 그치곤 했기에

이번에도 별 기대 없이 시작했다.

오랜 시간이 지난 지금,

어느새 검도는 나의 일부가 되었다.

그리고 예상외로 일상의 많은 부분을 바꿔놓았다.

얼떨결에 맞은 첫 겨눔세

뻣뻣한 몸을 움직이는 좌충우돌 모험담의 시작

'단군 이래 최저 학력 세대'라 불리며 대학에 갔다. 대학 생활을 다룬 시트콤 〈논스톱〉이 인기를 끌던 시절이었다. 멋진 선배나 동기, 흥미진진한 MT, 고백 같은 청춘의 이벤트. TV로만 본 대학 생활은 그런 것들이어서 당연히 현실도 그럴 줄 알았는데, 막상 대학생이 되니 연애는커녕 친구 사귀기도 어려웠다. '대학은 겨우 들어왔지만, 취업의 문턱은 과연 넘어설 수 있을까?' 막막한 마음이었다. 동기들은 반수 또는 공무원 시험 준비로 눈을 돌려 도서관 구석으로 숨어들었다. 미래를 생각하면 더 많은 스펙이 필요했다. 어쩌면 일찌감치 공무원 시험공부를 시작하는 게 나을지도 몰랐다.

오가는 사람이 별로 없는 캠퍼스 건물 벽면에서 팔랑거리는 종이 포스터가 눈에 띄었다. 각 동아리에서 붙인 '신입 부원 모집' 포스터에는 귀여운 손 글씨와 재미난 그림이 가득했지만 조기 취업과 반수 준비에 골몰한 신입생들에겐 관심 밖이었달까. 나 또한 취입을 위한 스펙을 쌓아보겠다고 토익 학원에 갔다. 긴 영어 지문과 빈칸에 들어갈 정답을 찾는 객관식 문제. 주어진 답 중 고르고 싶은 게 없는데 뭘 찍어야 할까. 답을 찾지 못한 채 1학년이 우물쭈물 지나가고 있었다.

2학년이 되었을 때 나는 조기 취업 준비라는 대세를 슬쩍 거슬렀다. 많은 사람이 하니까 뭔가를 하는 것보다 내 마음에 끌리는 뭔가를 해보고 싶었다. 그때 떠오른 게 동아리였다. 냉큼 입부 원서를 냈다. 남들보다 1년 늦게, 그것도 생전 한 번도 해본 적이 없는 검도 동아리 입부 원서를.

왜 하필 검도 동아리였을까? 만화가를 꿈꾸던 때였으니 만화 동아리로 가면 되었을 텐데. 혹시 만화 〈바람의 검심〉 때문일까? 두 살 터울 남동생과 남자아이가 좋아하는 장난감을 곧잘 갖고 놀긴 했다. 하지만 그건 칼이 아니라 로봇인 걸. 칼에 관심이 생길 만한 계기는 아무리 생각해봐도 희미

했다. 다만 이런 게 떠올랐다. 고등학교 시절 죽도 집을 어깨에 메고 다니던 동아리 선배라든가, 같은 대학에 합격하면 검도부에 들자던 친구와의 약속 같은. 함께 지원한 대학교에 나만 떨어지면서 친구와는 자연히 멀어졌다. 그래도 약속에 대한 기억은 남아 호기심을 부추겼던가.

툭하면 우울감으로 방바닥에 눕던 스무 살 무렵. 그랬던 내가 방바닥과 헤어져 격렬한 검도의 세계로 향하는 문 앞에서 있었다. 나를 포함한 신입생들은 도복을 입고 동아리 체육실에 모였다. 훈련부장이 구령을 붙였다. "차렷." 왼손에 죽도를 들었다. "허리 칼!" 허리에 차듯 죽도를 살짝 들어 옆구리에 붙였다. "뽑아 칼!" 왼손으로 손잡이 아래, 오른손으로 손잡이 위쪽을 잡았다. 칼끝은 명치 정도 높이로. 죽도를 쥐고 '중단'이란 겨눔세를 취했다. 그것이 내 검도의 시작이었다.

기본자세를 잡고서는 아기가 걸음마하듯 걷는 동작부터 배웠다. 왼발이 뒤로, 오른발이 앞으로. 뒤에 있는 왼발이 몸을 밀어준 만큼 앞에 놓인 오른발과 몸이 앞으로 나아간다. 몸을 민 다음 왼발이 오른발 뒤편으로 재빨리 따라붙는다. 검도에서 웬만한 이동은 이 '밀어 걷기'라는 걸음으로 한다. 죽도를 쥐고 타격 부위를 치는 법도 배웠다. "머리!", "손목!", "허리!" 하고 동아리 훈련부장이 타격 부위를 구령으로 외치면 신입 부원들은 기합을 내지르며 따라 했다.

기본기를 어느 정도 흉내 낼 수준이 되자 선배들이 보호 장비인 호구를 입혔다. 본격적인 대련이 시작된 것이다. 검도의 겨루기는 여태껏 경험한 체육 활동 중 체력 소모가 제일 컸다. 죽도를 쥔 왼손에 자꾸 물집이 잡히고 차오른 굳은살은 점점 딱딱해졌다. 그런데 신기하게도 그 고통이 싫지 않았다. 날아오는 칼을 막거나 때릴 생각 외에는 아무것도 떠오르지 않았다. 이 동작을 하는 동안 마음이 단순해졌다.

무엇보다 검도는 나를 '사람'과 마주하게 했다. MT, 대학 연맹전 시합, 동아리 축제, 선배들과의 티격태격, 첫 연애. 동아리 부원들과 어울리며 대학 생활의 여러 이벤트가 생겼다. 만화나 소설 속 흥미진진한 사건을 보며 '이런 건 주인공이나 겪는 거지' 싶었는데, 검도를 하면서는 내가 읽던 이야기 속 주인공처럼 내 몫의 모험이 생겨났다. 영화 〈해리포터〉나 〈반지의 제왕〉 같은 판타지와 비교하면 스케일이 좀, 아니

많이 작지만 아무렴 어때. 내 몸으로 몰입할 수 있다면 작은 모험으로도 충분했다. 드라마나 영화에서는 작가가 등장인물에게 재미난 에피소드를 만들어주지만 현실에서는 그런 게 없으니 등장인물, 아니 내가 움직여야 뭐든 생겼다.

한때의 추억이 될 줄 알았던 검도. 이 낯선 무예와 함께하는 모험은 어째서인지 대학을 벗어나도 계속되었다.

꼭 잘해야 계속할 수 있나요

계속하면 할 줄 아는 내가 된다

"나한테는 검도가 잘 안 맞나 봐. 아무리 해도 안 늘어."

한동안 도장에 나오던 초보 친구의 발길이 뜸해졌다. 보고 싶은 마음에 메시지를 보냈는데 대화 도중 친구가 푸념하듯 던진 말이었다. '오래 못 가겠구나.' 친구의 말에 이별을 예감했다. 운동 친구로 잘 지내길 바랐지만 내가 외로운 게 싫어 누군가에게 인내심을 요구할 순 없었다.

검도가 노력 대비 효율이 낮은 운동이긴 하다. 기본기를 탄탄히 하는 데 긴 시간이 필요하다. 기본기를 잘 다져도 바로 대련을 잘하는 것도 아니니까. 무엇보다 초보자는 숙련자들과 대련하면서 계속 맞을 수밖에 없다. 초보자로선 '맞기만 하니 기분 나빠' 하는 마음을 가질지 모른다. 다만 내 안에서 꿈틀거리는 검도 '꼰대'는 이렇게 말하고 싶어 했다.

'너의 노력은 내가 들인 것에 비하면 한참 멀었는걸. 나는 주말에 호구를 들고 다른 도장에도 배우러 가고, 무서운 관장님께도 눈 질끈 감고 대련하러 갔다고. 빠른 머리 치기 같은 기본동작은 1,000번까지 세다가 손에 물집이 가득해진 적도 있는데 말이야.'

마음의 소리를 입 밖으로 꺼내지 않아서 참 다행이다. 발놀림, 손놀림, 공격 찬스를 볼 줄 아는 눈썰미 등. 오래 수련하면 몸에 쌓인 실력을 잘 조합해보는 재미가 있는데, 초보자인 친구가 그걸 알아채기까지 곁에서 좋은 운동 친구가 되어주고 싶었다.

헤어지기 아쉽다는 마음이 들면서도, 검도를 두고 '나랑 안 맞는다'라던 친구의 말에 물음표가 떠올랐다. 나와 안 맞는 게 꼭 뭔가를 그만두는 이유가 될까. 움직이는 것 자체로 재미있다고 느낄 순 없을까. 나도 꽤 오랫동안 이 운동을 좋아했지만 오랫동안 '못하는 사람' 상태에 머물렀기에 한 생각이다. '검도를 한다는 것이 자신에게 맞고 잘하는지의 여부와는 별개일 수도 있지 않을까' 하고.

생각해보면 사람들이 내가 검도하는 모습을 보고 "열심히 하는 모습 보기 좋아요"라고 했지, "참 잘하네요"라고 말한 적은 별로 없었다. 되레 이런 말을 들은 기억이 있다. "참신기해. 그렇게 열심히 하는데 안 늘어." 내 실력이 정체되었을 때 한 선배가 피식 웃으며 했던 말이다. "몸이 앞으로 뛰어 들어갈 때 엉덩이가 뒤로 빠져", "손목 스냅도 좀 더 부드럽게 되어야 해", "왼발도 몸을 밀어주기 위해 좀 더 빨리 따라붙어야지". 그밖에도 고쳐야 할 자세에 대해 많이들 알려줬다.

어느 시점부터 좋아하는 데서만 그치려던 마음이 잘하고 싶은 마음으로 바뀌어갔다. 욕심을 부리고 싶었다. 그러려면 부족한 부분과 계속 마주해야 하는데, 쉽지 않았다. 끊임없이 맞는 게 무서웠다. 상대를 공격하러 뛰어 들어갈 때조차 얻어맞을까 봐 자꾸 눈을 감았다.

"사범님, 또 눈을 감네요. 올해의 수련 목표는 눈 뜨고 맞기! 이걸로 정해봐요."

4단인 나에게 5단인 대장 사범님은 상대를 공격하러 뛰어

드는 순간 눈을 질끈 감지 말라고 거듭 말했다. 5단쯤 되면 공격하는 상대가 눈을 감는 모습까지 보이는 걸까. 운동선수들이 하는 이미지 트레이닝처럼 대련 상황을 상상하며 눈을 부릅떠본 적도 있는데, 이내 눈이 얼얼해져 웃음이 났다.

나의 약한 마음. 거기에 포개진 다른 선배들의 마음. 그런 것들이 적성과 관계없이 검도를 계속하게 만든 나만의 동기가 되어갔다. 도장에서 기분 상한 일이 있어 검도를 놓고 싶을 때 "운동에만 집중해"라며 마음을 다잡게 해준 선배. 고기와 아이스크림, 음료수를 입에 넣어주던 선배. "너, 검도 좋아하잖아. 포기하지 마"라고 말해주신 사범님(곧바로 "왜 요새 빼질거리냐"라고 하셨지만). 지금의 나는 그들이 남긴 잔소리와 음료수의 흔적일지도 모른다. 마음 써준 여러 사람들의 고마움이 몸 어딘가에 달라붙어 검도를 계속하게 만들었나 보다.

이제는 검도가 사람처럼 느껴질 때가 있다. 조용히 곁에 머무는 친구처럼 덮어놓고 믿어주는 듯 느낀다면 이상할까. 이 친구에겐 내가 잘하고 못하고가 그다지 중요한 것 같지 않다. 수련하는 것 자체로, 시도하는 만큼 뚜렷한 존재감으로 '내가 검도를 하는구나' 하고 느끼게 한다. 그런 마음에 기대 뭐든 하다 보니 '못하던 나'가 '할 줄 아는 나'로 조용히 바뀌어 있었다.

혹시 검도가 나에게 맞는 운동이었나? 그런 것치고 여전히 "몸이 뻣뻣해"라는 식의 밀을 듣는걸. 지적받은 부분에 골몰하며 자세를 고쳐본다. 나뿐 아니라 다른 선배들도 새로운 뭔가를 배우면서 좌충우돌한다. 그런 수련의 나날 속에서 검도가 나에게 맞는지 고민하는 것 자체가 금세 무의미해지고 만다.

나쁜 습관 고치기
꾸준함의 아름다움이 빛나는 순간

"상대방 머리를 공격할 때 엇박자로만 치려 하면 안 돼."

"손목을 칠 때 몸이 옆으로 기울어. 틈이 생기면 상대에게 공격당할 거야."

매일 비슷한 듯해도 수련 내용은 그날의 컨디션에 따라 들쑥날쑥하다. 어느 날은 잘되는데 어느 날은 몸이 좀처럼 말을 듣지 않는다. 그럴 땐 선배들에게 자세에 대한 지적을 많이 받는다. 움직임을 살피는 감각이 둔해지면 몸이 저절로 편한 길을 찾나 보다. 좋은 자세는 누군가가 알려줘도 몸에 잘 익지 않건만, 나쁜 습관은 알려주는 이 없이도 몸이 알아서 쑥쑥 받아들인다.

*파지법: 죽도를 쥐는 법. 왼손은 아래를, 오른손은 위를 쥔다.

지적받은 부분이 많아지면 마음이 다급해지곤 한다. 어제의 내가 해낸 걸 오늘의 내가 못하다니! 꾸준히 수련해온 입장에선 살짝 억울한 일. "뒤로 빠진 엉덩이는 앞으로 끌어와야지", "살짝 비뚤어진 왼발 각도는 다시 일직선으로 만들어야지". 선배들의 말을 머릿속으로 되뇌어보지만 빠진 엉덩이를 생각하다가 왼발이 꼬이고, 왼발을 신경 쓰면 엉덩이가 다시 뒤로 빠진다. 단번에 여러 가지를 몸에 익히는 건 실패. 고칠 점을 적어두고 하나씩 해나가는 수밖에. 아마추어 검도인 중에는 블로그나 트위터 같은 데 그날그날 고칠 점을 깨알같이 적는 사람이 있다. 그런 기록을 흘끔흘끔 엿보며 내 수련 기록의 방향을 가늠해보곤 한다.

수련이 끝나고 집에 돌아와 체력이 남으면 노트를 펼쳤다. 기억나는 개선 사항을 쭉 적어두기 위해서다. 다 적고 나면 바로잡는 데 오래 걸리는 것과 바로 바로잡을 수 있는 부분으로 나뉜다. 먼저 살피는 건 '마음만 먹으면' 단번에 고쳐지는 것들. 예를 들어 죽도를 쥐고 있어야 할 오른손을 습관적으로 놓는 것은 '오른손을 안 놓겠다'고 생각하면 바로 고쳐진다.

반면 '왼발이 빨리 따라붙는다' 같은 건 왼발의 힘이나 속도를 높이도록 꾸준히 연습해야 한다. 어떤 공격을 하든 검도의 기본동작은 오른발을 앞에 두고 왼발을 뒤에 둔 자세다. 왼발은 뒤에서 몸을 밀어주는 역할을 하기에 특히 중요하다. 왼발이 뒤에서 몸을 밀어준 다음 신속하게 오른발 뒤로 따라붙을 것. 그래야 한 번 공격에 실패해도 재빨리 그다음 동작을 이어갈 수 있다. 검도하는 사람들끼리는 "웬만한 검도 기술은 왼발에서 시작된다"는 말을 한다.

이런 식의 접근은 단번에 느낄 수 있는 성취감이 아니다. 흥미도로 따지자면 검도 유튜브 영상에서 본 화려한 기술을 따라 하는 게 훨씬 재미있다. 그래도 자세를 가다듬으며 반복, 반복, 반복. 스스로의 노력과 매의 눈으로 쳐다보는 사범님들의 담금질. 그 사이를 오가다 보면 어느 순간 몸이 취해야 하는 자세를 정확히 해낸다.

그 즐거움이 가장 크게 느껴질 때는 시합에서 상대와의 승부가 결정 나는 순간이다. 긴장으로 머릿속이 하얀데, 평소 연습하던 기술이나 바로잡힌 자세가 몸에서 툭 튀어나온다. 일부러 생각한 것도 아닌데 어쩌면 딱 그 순간에 필요한 공격을 해내는지! 마음의 평정을 유지하고 달려드는 무심(無心)의 일격을 직접 해내면 이런 건가. 힘이 붙은 왼발만큼 단단해진 자세. 그 자세를 취하기 위한 노력이 레고 조각처럼 모여 만들어낸, 조용하고 묵묵한 아름다움이 터지는 순간. 이게 꽤 멋지고 짜릿하다.

결정적인 순간에 나를 구하는 건 하루하루의 꾸준함이다. 그 꾸준함이 여차하는 순간 마음을 일으켜 몸을 던지게 한다. 교과서로 기본을 다졌다는 모범생만큼이나 반전 없는 얘기. 다만 모범적인 수련자의 사례가 되고 싶어도, 반복 연습을 할 땐 영 지루해 입술이 삐죽 튀어나오고 만다. 왼발 힘을 키워보려 도장 한편에서 런지 동작을 응용해 몸을 앞으로 밀어보지만 오늘도 역시. 왼쪽 종아리가 뻐근해져 슬쩍 뺀질거리기 시작했다. 이런 모습을 관장님에게 들키면 혼나겠지.

일상의 매 순간은 수련

자잘한 순간을 기억하기

누구에게나 약한 구석이 하나쯤 있다. 감수성이 풍부하지만 숫자 계산을 힘들어한다거나, 복잡한 계산을 척척 해내지만 소설책은 영 못 읽는 식으로. 나의 약점을 털어놓자면 뭔가를 기억하고 챙기는 걸 잘 못한다. 그게 그렇게 못할 일인가 싶겠지만, 세상은 넓고 사람은 많아서 그만큼 약점의 종류도 다양하다고 해두겠다.

저녁 6시가 되면 어김없이 블로그에 글을 올려야 한다. 아침 9시에는 꼭 약을 챙겨 먹어야 한다. 스스로 느끼기에 해야 할 일의 가짓수는 늘 많다. 기억해내려 끙끙대지만 그 노력이 무색할 만큼 할 일을 자꾸 놓친다.

"너는 잘 까먹으니까 어딘가에 꼭 메모를 해둬."

엄마의 충고를 따랐지만 할 일을 어디에 적었는지도 잊어버려서 완벽한 해결책이 되지 못했다. 난 일상적인 반복 업무에 영 익숙해질 수 없는 사람일까.

"회계 처리를 할 때 계산이 딱 맞아떨어지는 순간이 있어요. 그럴 때 진짜 희열을 느껴요."

엑셀 정리를 진심으로 좋아하는 회계 팀 동료의 말에 놀랐다. 세상에, 엑셀 표로 행복해지는 사람이 있다니!

약점을 보완할 뚜렷한 방법을 찾지 못한 채 사회생활을 계속했다. 그래서일까. 오랫동안 내 마음은 '못하는 나'의 테두리 바깥으로 나갈 엄두를 못 냈다. "일이 이렇게 많은데 어떻게 세세한 것까지 챙겨…." 혼자 중얼거리던 내게 어떤 상사가 이런 조언을 했다.

"지하철이 제시간에 와야 사람들이 어딘가로 갈 수 있잖아. 그런 식의 사소한 약속이 모여 세상이 굴러가는 거야."

고민을 털어놓는 내게 애인도 말을 보탰다.

"기억하려 애쓸수록 기억하는 능력이 커질 거야."

마음의 방향을 조금씩 틀어갔다. '안 될 거야'에서 '될 거야'로, 사소한 일의 중요성을 받아들이는 방향으로. 지금도 다이어리 쓰기, 노션 같은 온라인 기록 서비스 이용하기 등 기록으로 하루를 기억하는 연습을 계속한다. 삶의 기본기를 다지기 위한 노력. 결국 분야만 다를 뿐 일상의 매 순간이 수련 같다.

사소한 것들을 끊임없이 기억해내야 하는 번거로움은 검도에서도 피할 수 없다. 예를 들면 기본자세를 연습하는 데만도 꽤 여러 가지를 생각해야 한다. 죽도를 쥘 때 오른손과 왼손 위치, 오른발과 왼발의 보폭, 어깨를 쭉 편 자세, 죽도를 쥘 때 넷째와 다섯째 손가락으로 조절해야 하는 힘의 완급…. 각각의 요소는 그걸 고려해도 큰 차이가 없는 듯 느껴진다. 하지만 자잘한 부분을 바로잡았을 때 0.001초라도 공격이 빠르게 가닿게 하는 차이를 만들어낸다. 그러니 검도 수련자들은 도장 한편에 놓인 큰 거울로 자기 몸의 움직임을 계속 관찰할 수밖에 없다.

무엇보다 놀라운 건, 검도에 푹 빠진 사람들은 수련이 끝나도 그 '자잘함'에 대해 계속 대화를 나눈다는 사실이다. "머리 치기를 할 때 타이밍이 적절했나요?", "공격을 해낼 때 죽도를 다루는 손목 스냅이 잘 안 돼요. 이건 어떻게 개선하면 좋을까요?" 이 사람들, 방금까지 내장이 입 밖으로 튀어나올 만큼 헐떡거리며 대련하지 않았나? 그런데도 또 검도 이야기를 한다. 퇴근 후 도장에 오는 것도 쉽지 않은 일인데, 어떻게 선배들은 수련 후 이런 것들까지 일일이 생각할까. 저단자였을 땐 그 모습이 낯설고 어렵게 느껴졌다.

선배들처럼 나 또한 수련 연차를 하나둘 채워갔다. 승단 심사를 준비할 땐 주변에서 내게 교정할 부분을 이것저것 말해줬다. "앞으로 나아갈 때와 뒤로 물러날 때의 보폭이 같아야지!", "머리 치기 공격을 할 땐 왼손이 명치쯤까지 내려와야 해!" 온몸에 검도 보호구를 쓰고 있으면 시야가 좁아지고 바깥 소리가 잘 안 들린다. 그 자체로 이미 마음이 작아져 있는데, 호랑이처럼 무서운 관장님이 두 눈 부릅뜨고 내가 자세를 제대로 취하는지 지켜본다. 혼나지 않으려면 자세에 집중하는 수밖에. 머릿속에 입력한 정보를 몸으로 구현해내려 안간힘을 쓴다. 잘 안 되는 부분을 계속 의식한다. 그러면서 몸에 익을 때까지 반복하고 점검한다.

머릿속이 수많은 데이터를 처리하는 컴퓨터만큼 복잡해

지는 순간. 몸과 머리, 머리와 몸. 머리로 기억하고 몸으로 표현한다. 그 자잘함이 하나의 멋진 움직임으로 연결되는 과정은 이토록 유기적이다.

생각과 실행이 반복되며 시간이 지날수록 기억하는 힘이 점점 강해지는 것 같다. 일상을 바라보는 해상도가 점점 높아지는 듯하다. 눈앞에 놓인 일에 좀 더 집중하게 된달까. 자잘한 것들이 몸에 익고, 실력이 일정 수준으로 오르면 재미있어진다. 재미있으니 더 좋아진다. 좋아지는 만큼 뭔가가 더 많이 보인다. 그 과정이 1년, 2년, 3년… 그렇게 해를 거듭하며 이어진다.

"하나씩 익혀가면 새로운 게 보여. 그렇게 재미있어지면 할 얘기가 더 많아질 거야."

종종 찾아가던 도장의 영 관장님이 왜 그렇게 말했는지 조금 알겠다. 그런데 나 이상으로 단단해져가는 선배들은 정말 못 말리는 검도 변태, 아니 인내심과 뚝심이 엄청난 이들인가. 이제는 수련 후 개선 사항을 말하는 대화에 나까지 끼게 되었다. 다들 땀에 절어 부스스해진 가운데 이뤄지는 네버엔딩 검도 토크. 선배님들, 샤워는 언제 하시나요. 젖은 머리는 언제 말리고, 집에는 또 언제 가시려고…. 대화 사이로 관장님의 말이 날아와 꽂힌다.

"어서 샤워들 하러 가. 집에 안 가?"

운동의 적은 야근

가장 나다울 수 있는 그곳으로 달려간다

야근을 반복하던 어느 날 아침. 급하게 감아 마르지 않은 머리카락이 비죽비죽, 부스스한 모습으로 지하철에 타고 사람들 사이에 몸을 끼워 회사로 향하는 길이었다. 젖은 수건처럼 피로에 절어 지하철 손잡이를 움켜쥔 채 미동도 하지 않는 출근길. 다만 몸은 가만히 있어도 마음만은 바삐 움직였다. '칼퇴근 후 도장 가기'라는 큰 그림을 완성해야 하니까.

어떻게 하면 오늘 맡은 일을 다 끝낼지, 과연 퇴근 시간에 칼같이 튀어 나가 도장에 도착할 수 있을지 수많은 생각이 오갔다. 조용한 가운데 움직임이 있다더니, 이런 게 사범님들이 가끔 말하는 '정중동(靜中動)'인가.

오전과 오후에 해낼 일의 목록을 떠올렸다. 업무별로 걸리는 시간도 계산했다. 익숙한 업무가 대부분인 날에는 급한 업무가 튀어나오지 않는 한 발목을 잡힐 것 같지 않았다. 점점 차오르는 정시 퇴근을 향한 확신. 여차하면 나의 튼튼한 다리가 있다. 퇴근 시간이 되면 도장으로 달려야지.

하지만 돌발 상황이 생겼다. 오후 5시 무렵 업무 지시가 내려온 것이다. 퇴근 1시간 전에 이게 무슨 일? 빠르게 쳐낼 수 없는 분량이었다. 굳어가는 표정. 다급한 마음에 키보드 두드리는 속도를 올렸지만 소용없었다. 야근 당첨. 일을 마무리한 것은 밤 9시. 오래 앉아 일했더니 허벅지와 종아리가 돌처럼 딱딱해져 있었다. 굳은 허벅지를 손으로 조물조물 주무르며 아쉬운 내 마음도 함께 다독였다. "다음에는 꼭!"

어떤 운동이든 꾸준한 출석을 방해하는 요소가 많은데, 난 그중 최고의 이유로 야근을 꼽겠다. 운동 가기 귀찮은 마음은 어떻게 해보겠는데, 직장 상사의 업무 지시와 "월요일 오전까지 보내주세요" 하며 금요일 저녁에 업무를 요청하는 외부 업체 담당자 같은 상황은 손쓸 도리가 없었다.

야근을 자주 하는 회사에 다닐 땐 도장에 간 날이 손에 꼽

을 정도였다. 저녁 7시부터 수련이 시작되는데 일을 처리하다 보면 꼭 정시 퇴근 시간을 20~30분 넘기기 일쑤였다. 도장에 일찍 도착해봤자 7시 30분 전후가 되곤 했다. 도복을 갈아입고 호구를 쓰면 수련 끝나기 10여 분 전. 열심히 달려봤자 내가 얻을 수 있는 시간은 딱 눈곱만큼이다. 마음속에서 수많은 말이 오갔다.

'겨우 10분이잖아. 이걸 해? 말아?'

'수련해봤자 어디에 써먹겠어?!'

툴툴대는 말들. 더 어려운 건 이런 상황마저 긍정하는 일이다. '조금이라도 하는 게 안 하는 것보다 낫지.' 그런 결론에 다다르면 퇴근 후 지하철 계단을 내달렸다.

한 사람, 운 좋으면 두 사람과 급하게 호구를 쓰고 대련할 수 있었다. 정규 수업 시간이 끝나면 도장 뒤편에서 혼자 기본동작을 연습했다. 그럴 때는 정규 시간 수련을 마친 후 샤워를 끝낸 선배들이 종종 말을 건네기도 했다.

"오늘도 뒤편에서 혼자 운동하는 거야?"

이런 식이다 보니 도장에 일찍 도착한다 해도 문 앞에서 피로감에 주춤거리기 일쑤였다. 도복을 입은 다음에도 피곤함에 몸이 느리게 움직여졌다. 지금 내가 여기서 해야 할 게 수련인가 숙면인가. 그 순간만큼은 도장 바닥이 딱딱한 나무가 아닌 폭신한 이불이었으면 하는 마음이 들었다. 그렇지만 몸을 일으키며 겨우 대련에 임했다. 대련도 하기 전에 이미 지친 나에게 함께 대련하는 남자 선배들의 체력이란 정말 무시무시한 것이었다.

검도장 가는 시간을 확보하는 게 그렇게 중요한 일이었을까? 본업이 검도 선수도 아닌데 왜 그렇게 운동에 빠지지 않으려 했을까? 검도 대회에서 만난 아마추어 선수도 이런 말을 했다.

"검도 시합이 뭐라고 이렇게 떨릴까요? 돈 되는 일도 아닌데."

나도 스스로에게 묻고 싶다. 정말, 이게 뭐라고.

확실한 건 이런 노력의 과정에서 도장이 점차 '나다울 수 있는 장소'로 내 안에 자리매김해갔다는 점이다. 회사에 있는 동안 '직장인인 나'를 연기해야 한다. 그게 나에겐 버겁다. 하지만 도장에서는 어떤 역할을 잘해내려고 애쓰지 않아도 된다. 하루 중 조금이라도 나다울 수 있는 시간이 바로 그때다. 퇴근 후 도장으로 기어코 달려가 땀을 쏟아낸 건 시간의 길고 짧음보다 나일 수 있는 시간 자체를 지키고 싶어서, 그 마음에 충실해지고 싶어서였는지도 모르겠다.

기록으로 만드는 나의 수련 생활

때로는 과거가 지금의 나에게 용기를 준다

수련 생활을 하면서 자연스레 기록을 남기기 시작했다. 선배들이 해준 따뜻한 조언, 잊기에 아쉬운 것과 잊으면 안 될 것이 차곡차곡 늘었다. 그런 것들을 붙들어 매고 싶어 시작한 게 기록이었다. 대학생 땐 싸이월드, 조금 지나서는 다음 카페와 네이버 블로그, 사회인이 되면서부터는 페이스북이나 인스타그램, 브런치와 트위터가 등장했다.

인터넷이라는 가상 공간뿐만이 아니다. 내 방에는 그동안 쌓아온 일기장이 있다. 내용을 보니, 처음부터 검도 기술이나 패배한 시합의 회고 같은 내용을 쓰진 않았다. 다만 그날 있었던 사소한 일을 적었다. 이를테면 이런 식이다.

'대학교 2학년 때 검도 동아리에 들어갔다. 3학년이 되어서는 아예 도장에 나가 매주 배운다. 그곳에는 정말 아저씨들뿐이다.' (이건 지금도 비슷하다.)

'동아리 합숙 첫날이었다. 선배들이 고기를 구워 먹는다고 신나서 날뛰었다.'

돈 없는 검도부 학생들이 시합 후 배가 고파 무한 리필 고깃집으로 우르르 몰려간 기억. 이런 시시한 하루를 거쳐 4단이 될 때까지 검도를 해왔구나. 피식피식. 일기장을 읽으며 웃음이 났다.

수련 2~3년 차가 되었을 무렵의 일기를 보면 검도를 대하는 마음이 사뭇 진지해졌다. 마치 선수처럼 배우고 싶은 검도 기술에 대해 적어놨다.

'머리 치러 들어가는 척하다가 상대 손이 들릴 때 손목 때리기. 머리 치는 듯 들어가서 상대 죽도를 누르고 손목 머리. 상대에게 쭉 쪼아들 듯 깊이 들어가서 허리 치기. 죽도를 몸의 중심에 둔 채 상대를 향해 달려들면서 약간의 손목 스냅으로 쭉 뻗어 치는 머리 치기. 빼어 허리. 누름 손목. 어깨에 죽도를 멨다가 치는 머리 공격.'

당시에는 분명 못해서 하고 싶으니까 적어뒀을 텐데, 지금 보면 실제로 내가 쓰는 기술이 몇몇 있다. 운동하는 마음에 대해서도 적어놓았다.

'노력하는 나를 특별하게 봐주는 시선이 낯설다. 사람과 대화하면 즐겁다. 좌절하다가도 금방 정신을 차린다. 모든 게 새롭다. 성장하고 있나 봐.'

노력하는 나를 누군가가 인정했을 때의 기쁨. 관심을 두고 지켜봐주는 사람들 사이에서 성장한 순간. 그런 것이 삶에 더할 나위 없는 활력이었나 보다. 일기장을 보며 과거의 나와 지금의 내가 전혀 다른 사람처럼 마주한다. 지금의 내가 잊은 옛 마음을 들춰보는 순간이다.

수련하면서 힘겨울 때면 일기에 적힌 즐거운 순간을 보며 버팀목 삼았다. 배운 것과 잘 안 되는 부분을 적다 보면 내가 지금 수준에서 무엇을 해야 할지 분명해지곤 했다. 쌓인 기록들은 마치 "지금의 나는 여기이고 다음 목적지는 저기예요" 하고 알려주는 수련 생활의 지도 같았다.

재미있는 건, 이 무용하다 싶은 기록 습관이 조금씩 뭔가를 만들어내기 시작했다는 점이다. 혼자만 보던 수련 기록은 인스타툰으로, 브런치에 올리는 에세이로 바뀌어갔다. 조금씩 작업물을 업로드해두면 '좋아요'와 댓글이 달린다. 어떤 부분에 공감해서 반응하는 걸까. 신기했다. 내 이야기가 어딘가에 가닿는구나 싶어 감사했다.

그래도 나에겐 다른 사람들의 검도 일기가 더 재미있다. 남이 타준 커피와 남이 해준 밥이 더 맛있는 것과 비슷한 마음 아닐까. 일단 내가 쓰는 건 많은 에너지가 들기도 하고, 내가 생각할 수 없는 부분을 남들이 짚어주면 그것을 살펴보는 재미가 있다.

"어떻게 이런 생각을 했을까?", "나도 이런 부분은 수련할 때 참고해야지" 하며 그들의 수련 메모를 학습 비법이 담긴 전교 1등의 필기 노트처럼 힐끗힐끗 엿보기도 한다. 아닌 게 아니라 다음 수련 기록을 남길 땐 나도 좀 더 세세하게 적어봐야겠다.

앞으로도 일기에 적을 만한 재미난 일이 계속 생겨나기를. 기록을 남길 때마다 다음에 쓸 이야기가 궁금해지는, 마음 깊은 곳에서 느껴지는 기대감이 있다.

검도 수련자의
기쁨과 슬픔

검도를 수련하는 과정에서 다양한 순간을 겪었다.

실력이 쑥쑥 늘거나 즐거운 상대와 대련할 땐

기분이 가뿐해진다.

반면 슬플 때도 있다.

자꾸 예선에서 탈락했던 시합.

몇 번씩 떨어진 승단 심사.

때로는 무례하게 구는 사람과의 대련 등.

내가 누군가에게 검도를 좋아한다고 말한다면,

이런 모든 순간을 떠올리며 하는 말이다.

기쁨과 슬픔.

색색의 감정이 모여 반짝반짝 빛나는 무지개를 이룬다.

여름의 땀방울, 느껴본 자만이 안다

취미로 뭉친 사람들과의 시간

섭씨 40도를 오르내리던 여름날. 도장으로 향하는 경사진 아스팔트 길의 표면이 이글이글 달아올랐다. 도장 관원들끼리는 '마의 언덕길' 또는 '껄떡고개'라 부르는 구간. 그 위로 발걸음을 옮기는 내 몸이 후끈거렸다. 시작하기 전부터 의욕이 확 수그러들었다. 수련 환경 중 도장의 '위치'를 원망해본 적은 없건만 여름만 되면 도장이 언덕 위에 있다는 게 새삼스러워진다. 이건 정말이지, 더워도 너무 덥다! 팔과 다리가 뚝뚝 녹아 물컹해진 아이스크림처럼 바닥에 흘러내릴 것 같다. 아직 도복도 안 입었는데. 도장 앞에 도착한 것만으로 오늘 치 훈련을 다 한 듯한 느낌이다.

여름 수련은 말 그대로 뜨겁다. 몸에서 비 오듯 땀이 넘친다. 땀에 젖어 한껏 축축해진 도복과 검도 장비가 몸을 무겁게 짓누른다. 몇 번의 대련. 헉헉대며 입에서 튀어나오는 숨의 열기. 치고받는 공방의 강도가 높아질수록 더욱 벌게지는 관원들의 얼굴. 이 극한의 현장에서 어쩌면 운동부 학생들이 등장하는 청춘 영화를 떠올릴 수도 있겠다. "여름에 하는 수련, 너무 멋져요!" 누군가 이렇게 말한다면 도장 관원들은, 특히 오래 수련한 관원이라면 격하게 고개를 내저을 것 같다. 이런 말들과 함께.

"몸에서 열나면 엄청 뜨거워요. 땀에 젖은 도복과 호구도 무겁고요."

"여름에 하는 수련이라, 이걸 멋지다 해야 할지 땀 냄새 때문에 지저분하다고 해야 할지…."

하지만 이런 생각도 든다. 더 성장하려는 욕구를 그 열기 그대로 느끼는 계절도 여름이라고. 여름은 승부욕과 경쟁심에 한껏 몸이 열리고 시합도 열리는 계절이니까. 무엇보다 여름에만 느끼는 묘미가 있다. 벌컥벌컥 목으로 넘기는 시원한 음료수는 도장에서 서로의 열기를 더한 끝에 더위를 잊게 해주는 청량한 마무리다. 안 느껴본 사람은 있어도 한 번만 느끼는 사람은 없는걸. 좋다! 극한의 뜨거움과 시원함을 오가는 커다란 반전. 그 감각의 차이를 흠뻑 즐길 테다. 다시 부지런히 언덕을 올랐다. 도장에 도착하니 시원한 에어컨 바람이 더위에 달궈진 몸을 식혀줬다.

발목까지 내려오는 도복을 입고 5킬로그램 남짓한 호구를 쓴 채 상대를 향해 몸을 던졌다. 에어컨 바람이 무색하게 잔뜩 나는 땀. 내가 몸을 움직이는지 몸이 나를 휘두르는지 분간이 안 될 만큼 흐물거리는 그 아슬아슬한 타이밍에 수련이 끝났다.

"차렷, 호면 벗어!"

수련자 중 최고단자의 구령에 맞춰 호면을 벗는 사람들. 곧이어 부산스러워진 분위기를 가라앉힐 외침이 한 번 더 들렸다.

"정좌, 묵상!"

수련자들은 무릎 위에 손을 포갠 후 눈을 감았다. 거칠었던 사람들의 숨이 점점 제자리를 찾아가고, 그렇게 한 차례의 여름 수련이 끝났다.

땀을 흘린 후 샤워를 하면 그렇게 시원할 수 없다. 하지만 샤워장에서 나오면 또 땀이 난다. 지독한 더위 같으니. 그렇다고 속수무책 땀만 흘릴쏘냐. 샤워실을 나와 도장 앞 벤치에 앉아 있던 선배들과 연신 흐르는 땀을 막아줄 여름 필살기를 찾아 나섰다. 비기가 숨겨진 장소는 도장 올라오는 언덕길 초입의 편의점 냉장고. 삼삼오오 몰려가서는 마실 것과 간식거리를 챙겨 편의점 의자에 자리를 잡고 앉았다. 대련할 땐 서로 기합을 내지르며 칼을 겨누다가 호구를 벗으면 음료수 한 캔에 조곤조곤 사는 이야기를 나누는 사람들. 퍽 대조적인 전후의 모습에 가끔 속으로 웃는다.

시원한 음료수와 과자를 사 들고 선배들과 편의점 의자에 앉았다. 40~50대 남자 선배들과 대화하고 있자면 대련할 때 느끼는 긴장감이 거짓말 같다. 직장에서 만났다면 직급이나 나이 차 때문에 편하게 말을 섞기 어려웠을 사람들. 다행히 도장에서 만난 선배들이니 대화하기가 비교적 편안하다. 취미가 만들어준 관계의 힘일까. 이런 식으로 선배들과 대화할 수 있다면 회사에서도 사람 사이의 위계가 그리 엄격할 필요 없을 텐데. 그렇다고 회사에서 상급자에게 "우리 친해져

봐요" 하면서 음료수와 과자 봉지를 들고 간다면 무척 어색할 것 같다. 아무튼 도장 사람들과는 음료수 한 캔과 과자 한 봉지 정도면 대화의 준비물로 충분하다. 선배들 옆에서 답할 말이 있으면 더 좋다. 내 세대와 맞지 않는 말이 나오면 조용히 듣기만 한다. 그러다 어느 순간 나도 하고 싶은 말을 꺼낼 때가 있다.

음료를 마시며 대화하다 보니 선선한 저녁 바람에 조금씩 몸이 식었다. 취기로 말이 길어지는 술자리가 아닌지라 음료수 타임은 비교적 짧게 끝난다. "그럼 내일 보자." 자리를 정리한 후 인사를 나누곤 각자의 집으로 흩어지는 사람들. 집에 도착해 이불을 덮고 누우니 개운함과 피곤함이 뒤섞여 눈이 스르르 감긴다. 완전히 잠들기 전 잠시 사소한 생각을 떠올렸다. 오늘 음료수 마시면서 나온 그 이야기는 좀 웃겼어.

나만의 한 방을 찾아서

상대 앞에서 쫄지 않는 법

머리 치기 공격을 해보겠다고 대련 상대에게 덤벼든 순간이었다. 그런데 웬걸. 되레 상대가 내 칼을 자기 죽도로 되받아쳐 머리를 때렸다. "팡!!!" 죽도 끝이 머리와 부딪히며 여지없이 울리는 소리. "어이쿠!" 눈물이 핑 돌며 얻어맞은 내 고개가 절로 떨궈졌다. 나보다 키도 커, 힘도 세, 실력도 한참 위야! 그런 사람 앞에 선 내가 뭘 할 수 있을지. 상대에게 와장창 깨진 나, 어쩌면 시멘트 벽에 던져진 달걀 같은 거 아닐까? 도장에서 40~50대 선배들에게 대련하러 들어갈 때 드는 생각이다.

세월과 노력이라는 무기로 중무장한 선배들. 20년 넘는 그들의 내공 앞에서는 10년 넘은 내 검력도 무용지물이다. 거대한 산처럼 우뚝 선 그 압도적인 존재감 앞에서 나는 벽에 던져져 산산조각 나는 달걀을 상상하며 감정이입한다. 뻔히 질 줄 알면서 덤벼들었는데(벽을 향해 있는 힘껏 던져지는 달걀) 모든 공격이 막혀 안절부절못하고 고개를 떨구는 순간(와장창 깨져 흩어진 채 벽에 눌어붙어버린 달걀). "아직 아무것도 안 했는데 벌써 진 듯한 기분이야!" 관장님에게 대련하러 들어간 다른 관원의 한탄에 흠칫 놀란 적이 있다. 누구지? 분명 다른 사람 입에서 내 마음의 소리가 튀어나왔는데….

선배들은 종종 검도에서의 성장을 계단식 그래프에 비유한다. 실력이 지지부진한 평지 구간이 쭉 이어지다가 어느 정도 실력이 올라서면 가파른 곡선을 그리며 눈부시게 성장하는 모양새. 어떤 배움이든 평지의 지루함을 잘 견디는 게 관건이겠지만, 내 느낌에 검도의 평지 구간은 다른 종목보다 더 긴 것 같다. '괜찮은 한 방'을 만드는 데 갖춰야 할 게 너무 많아서다. 하체 연습이 잘되더라도 상체 연습을 또 해야 된다거나, 칠 줄만 알아야 하는 게 아니라 잘 칠 수 있는 타이밍까지 알아채야 한다거나. 그러려면 많이 맞아본 경험을 통해 타이밍을 보는 눈도 길러야 한다. 그 적절한 순간에 있는 힘껏 몸을 던지는 대범함도 갖춰야 한다. 조건이 왜 이렇게 많은지! 지난한 실패의 나날 끝에 일취월장한 스스로를 만나는 건 분명하지만, 기분 좋은 성취의 순간은 잠깐이고 실패의 나날이 훨씬 길다. 그러다 보니 의기소침해진 초심자가 그만두기 딱 좋다. 당장 나도 대련하다가 마음이 쪼그라든 게 한두 번이 아니니까. 과하게 긴장해 숨을 크게 들이마시거나 아릿한 가슴께를 쓸어내린 적이 여러 번 있다.

마음은 쪼그라들고, 딱히 좋은 대처법을 떠올리지 못한 채 맞기만 했던 나날. 어느 순간부터는 맞는 데 도가 텄다. 그리고 조금씩 몇 가지 대처법을 찾게 되었다. 일단 내가 언제 맞는지 알아채기. 내가 나의 관찰자 역할을 해내는 일이다. 그간 내가 시합한 모습을 촬영한 영상을 돌려봤더니 두려울 때 튀어나오는 행동이 참 다양했다. 머리를 맞기 무서워 손을 들고 상대의 칼을 막으려다 손목을 맞는다거나, 상대가 공격할까 봐 계속 몸 한쪽 부분을 막다가 힘주는 쪽 반대 방향으로 생긴 빈틈을 상대 죽도가 공략한다거나. 다양한 패배의 기록에는 놀라거나 두려워하거나 의심하거나 상대의 움직임에 현혹되는, 검도에서 경계해야 할 네 가지라 하여 사계(四戒)라 불리는 경구의혹(驚懼疑惑)이 모두 담겨 있었다. 사범님들이 "이렇게 하면 안 돼!" 하고 말해주신 예시를 다 해낸 셈이다. 내가 맞는 상황을 정리하다 보면 대처법까지는 당장 떠오르지 않더라도 최소한 '이건 하지 말아야지' 식의 기준은 섰다.

나를 알았으면 그다음 단계는 상대를 잘 관찰하는 것이다. 맞는 세월이 길어지면서 언제부턴가 공격하는 상대의 동작이 점점 더 잘 보였다. 동작의 처음과 끝, 그 사이에 존재하는 약간의 틈. 그때 몸을 던져 머리 공격을 시도하면 성공률이 높았다. 아주 잠깐 영화에서 초고속으로 달리는 초능력자가 된 듯한 기분. 많이 맞는 것도 다 쓸모가 있다. 그렇게 성공하는 횟수는 아주 천천히, 거북이걸음으로 늘어났다. 힘이 강한 상대라면 그 힘을 흘려 죽도를 제껴서 머리를 칠 수 있었다. 상대가 공격을 '시작하려는 순간' 살짝 힘을 주면 상대의 죽도가 자연스레 중심에서 멀어져 나를 칠 수 없다.

이런 식으로 몸으로 실행 가능한 나만의 레퍼런스가 생기는 건 참 든든하다. 머릿속에서 성공에 대한 명확한 모습이 생기니 두려움도 줄었다. 싸움에서 힘과 속도는 분명 중요하다. 상대의 실력이 압도적일 때 얻어맞는 건 어쩔 수 없다. 하지만 경험해보니 타이밍이나 거리감 등 내가 활용할 수 있는 다른 능력을 찾아가면서 조금 여유가 생겼다. 선배들 앞에서 졸아드는 것도, 잘 지는 것도 여전하다. 그래도 번번이 지는 일상을 겪는 나는 그 안에서 조금씩 차이를 느끼게 되었다.

언제부턴가 선배들한테 이런 피드백도 듣기 시작했다. "때리고 싶은데 너 진짜 안 맞아." 그런 말을 들으면 마음속으로는 으쓱으쓱 뿌듯함이 밀려와도 쑥스러워서 "엥? 제가요?" 하고 모르는 척 반응한다. 그래도 선배님들, 그렇게 맞고 살았으면 그 세월도 어느 정도는 나에게 보답을 해줘야 하지 않을까요?

때로는 세월과 노력이 빚어낸 되치기 한 방이 거하게 성공하는 날도 있다. 상대가 "왜 이렇게 잘해?"라고 말하면 순간 뿌듯하다가도 한참 후 상황을 곱씹으면서 "왜? 나는 잘하면 안 돼?" 하고 구시렁거리기도 한다. 하하. 긍정과 삐뚤어짐, 성취감 사이를 오락가락하는 나날이다.

한계 극복과 쉼의 사이

쉬어주는 시간도 가끔 필요하다

검도에는 죽도를 앞뒤로 휘두르며 뛰는 일명 '빠른 머리 치기' 동작이라는 게 있다. "하나! 둘! 셋! 넷!" 하는 구령에 맞춰 해내는 기본기다. 앞뒤로 뛰는 걸 1개로 쳤을 때 100개만 해도 헐떡헐떡 숨이 찬다. 그걸 대학생 시절 특별훈련이랍시고 하루에 1,000개씩 한 적이 있다. 장장 일주일 동안. 그때 나는 무슨 수로 그걸 버텼을까.

"하나! 둘! … 구백십! 구백십일!"

죽도를 계속 휘두르다 보니 손아귀 힘이 점점 빠져나갔다. 손 안쪽 피부에 이제 그만하라고 시위하듯 커다랗게 물집이 잡혔다. 물집이 부풀어 올랐다가 아물고, 다시 부풀었다가 아물고. 밀물과 썰물처럼 물집이 드나든 자리에는 굳은살이 단단히 잡혔다. 그건 지금까지 내 손에 남아 존재감을 한껏 과시한다.

초보자 시절에는 너덜너덜해진 손을 보며 언제 새살이 돋을지 한숨 쉬던 때도 있었다. 떨어진 살점은 언제쯤 아물까. 체육 비전공자가 안 하던 운동 좀 시작했다고 이렇게 명예 태릉인처럼 굴 일인지. 검도를 시작하기 전까지 내가 했던 운동을 떠올리면 고등학교 체육 시간(움직이기 귀찮다고 뺀질거렸던 순간들이 떠오른다)이 다였던 것 같은데….

연습 다음 날이면 허벅지와 종아리로 성난 소 떼처럼 밀려드는 근육통. 덕분에 어디로 이동하는 것 자체가 도전이 되었다. 계단을 내려갈 때마다 가까스로 내딛는 발소리. 거기에 근육통으로 몸부림치는 검도 초보의 앓는 소리. "으윽… 으악… 꺅!" 그 시끌벅적한 통증이 지금도 생생하다.

수련자에게 찾아오는 통증은 다양하다. 알이 배기는 등의 근육통은 기본이요, 접질렸을 때 느껴지는 통증, 새파랗게 물드는 멍, 물집이 생길 때의 화끈거리는 아픔, 살갗이 찢어지는 찰과상까지. 여기에 여자들은 월경통도 더해진다.

"어디 안 좋아요?"

"배가 아파서요."

"배탈 나거나 어디 체한 거예요?"

"그게 아니라….""

한번은 허옇게 된 얼굴로 월경통이라고 말했는데, 그 말을 들은 남자 선배도 말을 한 나도 움찔거리고 말았다. "월경 중인 분들은 다른 동작으로 대체하세요." 주 1회 가는 요가원에서는 선생님이 덤덤하게 말하던데, 그 덤덤함이 검도장에서는 뻘쭘함으로 바뀐다. 나를 설명하는 중요한 단어 중 하나가 사라지는 것 같은 느낌.

아무튼 별별 통증을 떠올리면 운동하는 사람들에게서 운동을 안 한 사람들보다 건강하지 않은 부분을 보는 것 같다. 아픔을 무릅쓰고 수련하는 경우가 종종 생기니까. 손에 생긴 물집에는 반창고를 붙인다. 통증에 돈과 시간까지 덤으로 얹어주며 시합에 나가고 승단 심사 일정을 챙기는 생활체육 분야의 검도인들. 내가 그런 사람이 되면서부터는 주변에서 잔소리가 들려오기 시작했다. "매번 지는데도 그렇게 시합을 자꾸 나가니? 돈 한 푼 안 나오는데." 한 귀로 들어온 엄마의 말은 또 다른 귀로 유유히 빠져나갔다.

　그런데 이렇게 말하면 이상할지 모르지만 사실 통증이 가져다주는 몰입감이 있다. 검도 시합이란 흡사 오락실에서 하는 격투 게임 같다. 다만 이 게임은 오락실에서의 그것과 차이가 있다. 날아오는 공격에 맞는 건 캐릭터가 아닌 나 자신이라는 점이다. 그래서 싸움의 승패가 결정되는 순간 '다시 플레이하면 되지 뭐' 같은 덤덤함이 없다.

　피하지 못하면 맞는다. 맞으면 아프다. 수련을 하면서 느껴지는 근육통과 뻐근함은 눈앞의 도전 과제를 수행해내는 사람이 나라는 실감으로 연결된다. 공격을 주고받는 과정에서 느낄 수밖에 없는 고도의 긴장감과 저항감, 본능적인 위기감을 넘어 뭔가를 이뤄낼 때의 쾌감. 그 대단한 걸 함께 수련하는 우리가 해낸다.

　자기 몸을 거꾸러뜨릴 만큼 과하지 않다는 전제하에, 통증을 견디고 꾸준한 노력을 기울인 자에게 운동은 제법 정직한 보상을 준다. 그래도 통증에 대해 "응, 괜찮아" 하며 마냥 긍정할 순 없다. 통증은 어떤 신호이기 때문이다. 한계치에 근접하고 있다는, 이 이상 더 노력하다가는 어쩌면 고꾸라질지 모른다는 몸의 신호.

다치는 선배들과 나 자신을 보며 든 생각은, 수련을 잘하는 것도 좋지만 다치지 않고 계속하는 것도 그 못지않게 중요하다는 점이다. 그러려면 '한계를 극복하는 나'와 함께 '아프면 쉬는 나'도 있어야 한다. 어느 시점부터 아프면 청춘이 아니라 골병이어서, 아픈 상태를 확실히 표현하고 몸에 가해지는 운동 강도를 조절해갔다.

"아킬레스건 쪽에 통증이 와서 오늘은 쉬엄쉬엄할게요."

"사랑니를 빼서 며칠간은 무리하지 않는 게 좋을 것 같아요."

하루 이틀 안에 끝낼 게 아니라면 적당함과 잠시 멈춤도 수련의 일부로 받아들일 것. 몸을 괴롭히면서까지 움직인다면 그건 자기를 단련하는 게 아니라 학대하는 거라고 생각하며 통증이 있는 날에는 쉬엄쉬엄 몸을 움직이게 되었다.

'오늘은 무리하지 말자. 누군가와 대련 연습을 한다면 오늘의 나는 상대를 한 대라도 더 치는 데 급급하기보다 맞아주러 들어가는 거야.'

이기려는 생각에 압도돼 덤비지 않기로. 몇 번이고 다짐한 후 상대에게 들어간다. 생각만큼 잘 조절하는 것 같진 않지만, 아무튼 간에.

어쩐지 몸짓에서 마음이 느껴져

공격의 움직임에서 감정을 읽다

어릴 때 만화책이나 애니메이션에서 본 장면을 머릿속에서 이리저리 굴리며 상상하길 좋아했다. 다만 현실을 상상 놀이 소재로 삼은 적은 별로 없었는데, 별일 없는 일상이 시시하게 느껴졌기 때문이다. 그런데 사회생활을 한 다음부터 신기하게 현실의 순간을 떠올리는 게 더 좋아졌다. 나에게는 머릿속 세계가 평면에서 입체로 변한 수준의 지각변동이었다.

머릿속에서 상황을 곱씹는 일은 어른이 된 지금도 종종 한다. 머릿속에서 무한 되감기를 하는 기억 중에는 기분 좋았던 대련에 대한 경험이 있다. 기분 나빴던 대련 또한 오래 곱씹는다. 좋은 대련과 나쁜 대련을 번갈아 떠올리며 혼자 지킬과 하이드의 표정을 오간다. 어느 쪽이건 상대와 몸짓으로 나눈 감정이 강하게 다가온 것일 테다.

말없이 몸만 움직이지만 그 과정에서 상대의 마음을 알 듯한 느낌을 받는다. 하지만 남들 눈에는 그저 사람과 치고받으며 "머리!", "손목!" 같은 소리를 내지르는 모습이 전부일 것이다. 누군가 "대련하면서 상대의 마음을 알아챈다니, 말 한마디 안 하는데 그걸 어떻게요?"라고 묻는다면, "어쩐지 알 것 같아서요"라는 말 외에는 표현할 길이 없다.

이를테면 대련의 순간을 떠올리는 건 이런 식이다. 어느 날의 대련. 눈앞 상대와 합이 잘 맞았다. 상대의 칼을 내 죽도로 지그시 누르면, 상대는 내 칼을 피해 본인 죽도를 부드럽게 돌려 다른 방향에서 공격해 들어왔다. 그러면 나는 공격을 시도하는 박자나 죽도가 나가는 방향을 바꿔봤다. 어허 이 사람 봐라. 또 피하네? 그럼 이 공격은 어떠신지? 말은 없지만 서로 많은 신호를 주고받는다. 고요한 가운데 어느 때보다 바쁘다.

어느 틈에 무심코 몸을 던진 내 공격이 성공했다. 손끝에 전해지는 상쾌한 타격감. 높아지는 집중력과 고양감. 한껏

신이 났다. 긴장 끝에 공격이 성공한 순간 웃음이 튀어나오기도 했다. "꺄하하!" 원초적인 즐거움의 순간이라 웃음소리가 꽤 경망스럽다. 앗, 이런 가벼운 모습이라니. 내가 보기에도 유치하지만 기쁨을 감출 수 없는걸. 애써 고민하고 시도한 끝에 성공한 거니까. 그 기분을 이해했는지 상대가 웃는 나를 너그럽게 봐주는 듯한 느낌. 서로 고개 숙여 인사하며 대련을 마무리했다.

나보다 실력이 좋은 상대 중에는 본인 실력이 월등해도 내가 점수로 인정받을 수 있는 타격을 낼 때까지 대련을 이어가주는 사람도 있다. 아쉬워하는 상대에게 좀 더 파이팅할 기회를 주는 것. 그런 마음 씀씀이도 고맙다. 이런 대련이면 내가 아니라 상대방의 공격이 먹힐 때도 순순히 인정하게 된달까. 칼을 맞대고 상대를 제압하기 위한 싸움에서는 상대의 습관과 공격 패턴 등을 읽어내고 내가 해낼 동작을 궁리하며 공격 하나하나를 세심하게 펼친다. 서로의 생각이 몸짓으로 오가는 가운데 긴장감과 즐거움이 넘실거린다.

"선배가 좀 먼 거리에서 머리 공격을 하려고 들어왔잖아요. 그때 내가 들어오는 공격을 되받아쳐 허리를 치면 좋았을 텐데…. 다음에는 공격하러 들어오는 순간 죽도를 미세하게 눌러봐야겠어요."

겨룸이 끝나고 대련 내용을 복기하는 것도 기분 좋다. 나처럼 말주변 없는 사람이 3분에서 10분 정도 누군가와 공통되는 기억을 만들어낸다는 점에서 더 그렇다. 심지어 그에 대해 즐겁게 이야기할 수 있다니. 검도할 때 이런 순간이 마음에 크게 남는다.

반면 또 다른 날 벌인 대련에서는 왠지 모를 신경전의 연속이었다. 공격하려 달려드는 상대의 두 팔에 부딪힌 내 몸이 뒤로 밀렸다. "으윽." 앓는 소리가 입 밖으로 새어 나왔다. 지친 탓인지 몸이 앞으로 고꾸라지면 상대가 그때를 놓치지 않고 뛰어들었다. 두 팔로 몸을 밀치는 동작, 너무 가까워서 점수를 낼 수 있는 유효 거리가 아닌데 급하게 시도하는 공격. 이런 움직임에는 기분이 나빠진다. 도대체 왜 그러는데?! 왜 군이 손으로 밀치는 동작을 하지? 공격적인 상대를 담담하게 대할 여유가 점점 사라져갔다.

"이야아아아아아압!" 진은 다 빠졌지만 오기는 한가득. 목소리와 몸짓에 날것의 승부욕을 그대로 담아 기합을 내질렀다. 이럴 때 속 좁은 21세기 사람인 나는 고대 바빌로니아의 함무라비법전 같은 기원전 시대정신을 따르고 싶다. 눈에는 눈, 이에는 이. 승부에는 승부! 빨리 대련을 끝내고 쉬어야겠다 싶어 더욱 공격적으로 변했다.

대련 연습의 마무리로 상대와 한 점 내기 시합에 돌입했다. 중간중간 공격에 성공했다고 생각했건만 상대는 쉬이 인정하지 않고 고개를 저었다. 늘어지는 시합에 컨디션도 마음도 엉망. 미움, 실망, 서운함 같은 것들이 섞여서는, 상대의 몸짓에서 읽히는 감정을 손익계산하듯 따진 끝에 속으로 중얼거렸다.

'왠지 이기려는 마음만 느껴져.'

과정에 충실해야 결과도 있으니까

타격만 잘한다고 되는 건 아니더라고

토요일마다 주중에 다니는 곳과 다른 도장에 가던 때가 있었다. 처음에는 가서 조용히 수련만 했는데, 나중에는 그곳 관장님을 포함해 여러 사람과 대화를 나누었다.

자연스레 관장님이 내 수련 상태를 봐주시는 시간도 늘었다. 도장 관원도 아닌데 마음 써주셔서 감사했다. 하지만 지적을 받을 땐 관장님의 박력에 어깨가 절로 움츠러들었다. 막상 관장님이 자세를 봐주러 다가오면 눈을 질끈 감고 도망가고 싶었던 순간이 한두 번이 아니다. 자세를 교정해주러 다가오는 요가 선생님을 보는 마음과 비슷할까? 선생님이 다가오면 내가 하고 싶은 대로 할 수 없게 된다.

"(죽도를 머리 위로 치켜든 나를 보고) 왼손의 각도를 그렇게 하면 안 돼!"

어디선가 날아와 꽂히는 단호한 목소리. 엄한 표정을 한 관장님과 그런 관장님을 보고 놀라 금붕어처럼 눈을 크게 뜨고 쳐다보는 나. 그렇게 받은 피드백 중 기억나는 한마디가 있다.

"상대의 빈틈이 보인다고 막 치면 안 돼. 상대의 움직임을 일으켜 타격 기회를 만들어서 쳐야지."

빈틈이 보이는 대로 치는 데만 몰두하던 나에겐 단순한 듯하면서도 낯선 말이었다. 언젠가 같이 수련하던 선배들에게도 들은 적이 있지만, 들었다는 사실조차 잊을 만큼 관심이 없어서 그저 흘려버렸던 모양이다.

초단부터 4단까지는 자세를 잡고 상대를 잘 치는 걸 목표로 했다. 하지만 그 이상의 단으로 올라가는 과정에서 '타격'은 단지 잘 친다는 것에서 끝나지 않았다. 나에게 걸맞은 상황이 '주어지길' 기다리기만 할 게 아니었다. 상대가 나에게 맞을 수밖에 없는 상황을 '만들어내야' 한다. 이것이 게임처럼 공략 매뉴얼 같은 게 있으면 참 좋을 텐데, 그렇지 않아 퍽 어려웠다.

타격 과정이란 내 밥벌이 수단인 이야기 만들기와 비슷하다는 생각이 든다. 나름 발단-전개-절정-결말의 구조가 있다. 서로 칼을 들고 마주한 상황. 상대의 죽도를 슬쩍 건드려서 죽도를 다루거나 몸을 움직이는 상대의 성향을 파악해본다(발단). 힘이 약한 상대다 싶으면 상대 죽도를 누르면서 중심을 흐트러뜨린다(전개). 활짝 열려버린 상대의 중심을 뚫고 들어가 머리를 친다(절정). 한쪽의 승리로 끝난다(결말). 물론 이 단계가 매번 똑같이 이루어지지는 않는다. 무엇보다 상대가 맞는 상황을 단계별로 착착 만들어간다는 게 만만치 않다.

사실 과정은 무슨. 멋지게 치는 순간, 하이라이트만 기억하고 싶다. 시합 영상을 개인 SNS에 올릴 때 내가 상대를 잘 때린 순간만 잘라 올린다. 내게는 그런 자기과시가 있다. 득점 영상을 올리면 늘어가는 인스타그램 하트 수가 왜 그리 유혹적인지.

하지만 어느 시점부턴가 치기에만 골몰하던 마음이 자연스레 꺾였다. 부상 때문이었다. 왼쪽 발목의 아킬레스건이라든가, 오른쪽 무릎 등 여기저기를 다치기 시작했다. 한껏 성장하는 것도 좋지만 몸에 무리가 덜 가는 선에서 움직여야 한다. 상대가 날 공격하도록 끌어들여야 공격이 자연스럽게 이뤄진다. 무엇보다 그렇게 해야 덜 다치니까. 무한정할 것 같지만 사실은 소모품인 내 몸을 아껴야 한다는 깨달음을 얻었다.

언젠가 일본 여자 검도 선수의 인터뷰를 읽은 적 있다. 그 글에서 "치기까지의 과정을 중시하라"는 말이 강조돼 있었다. "중심을 잡은 채 상대가 반응하도록 먼저 움직임을 일으킨다. 꼭 먼저 쳐야 한다는 건 아니고, 먼저 앞으로 나오거나 상대 죽도를 건드리는 것만으로 충분하다." 역시 조언은 스스로 필요하다 느낄 때 들어야 귀에 들어오는 것 같다.

다른 분야 무술도 어떻게 해야 공격에 성공하는지, 그 결과에 이르는 과정을 고민한다. 검도도 인생도 목표에 도달하려면 과정이 필요하다. 출발에서 도착까지 이르는 과정. 그 각각의 단계를 구체적으로 상상해보는 일. 잘되진 않지만 계속 시도하다 보면 잘되는 날이 올 게다. 그에 대한 기대감이 살짝 생긴다.

관장님, 선배님들. 그때가 되면 과정을 설명하는 저만의 말이 생기지 않을까요?

다 큰 어른에게도 로망은 필요해

멋진 장비를 모으는 유치한 취미

"도복을 입어보고 싶었어요."

"호구 장비를 입을 때나 죽도를 쥔 모습이 멋있어요."

검도 초보자들에게 하고많은 운동 중 검도를 고른 이유를 묻곤 한다. 답변 중에는 장비나 복장이 불러일으키는 로망에 대한 내용이 많았다. 나로선 신기한 부분이 아닐 수 없다. 일과를 끝내고 수련을 하는 저녁 중 대부분을 입는 옷. '저에겐 평상복(?)이 된 옷을 두고 낭만적이라 하시면…' 진심으로 맞장구치지 못하는 내 마음을 솔직히 드러내도 괜찮을는지.

초보자에게 검도에 대한 호기심을 불러일으키는 도복에 대해 말하라고 한다면 로망 대신 '땀'과 '빨래'란 단어를 꺼

내 들겠다. 땀에 흠뻑 젖은 도복. 그걸 낑낑대며 집까지 들고 가 욕조에 물을 틀어두고 상·하의를 푹 담근 다음 빨래를 시작한다. 빳빳한 검도복을 물에 헹구는 것과 특유의 주름이 흐트러지지 않도록 도복 바지를 말리는 것까지. 도복은 일반 빨래보다 손이 많이 간다.

이 과정을 십수 년 반복해온 내 앞에서 도복이 멋지다고 말하다니. 상대에게 손사래를 치며 답했다.

"도복이 멋있다니. 아유, 그렇지 않아요."

호구 장비에 대한 감탄도 비슷한 맥락으로 느껴진다. 장비에 묻은 땀 소금기를 닦아내는 게 참 번거롭기 때문이다. 이런 빳빳한 마음을 내보이는 건, 사실 꼰대 심보를 고백하는 일이기도 하다. '멋져 보이는 데 신경 쓰기보다는 수련에 진지했으면 좋겠다' 같은 마음 말이다.

그런데 여기에는 알아채지 못한 내 마음이 있다.

"도복도 디자인별로 사놨는걸."

"지금 갖고 있는 죽도 집도 예쁘게 생겼다고 해외 직구했잖아."

멋져 보이는 데 관심 없다고 강조하면서도, 사놓은 검도용

호면	죽도	도복	붕대
갑	목검	심판기	면 수건
호완	갑상	손목 보호대	코등이

이소

뭐 입지?

4단

품을 보면 필요한 용도 이상(?)의 물건이 좀 있다. 이 부분에 대해 같은 취미 생활을 오랫동안 함께해온, 관찰 예능처럼 나를 목격해온 애인의 제보가 거듭된다. 만화 〈귀멸의 칼날〉 속 등장인물의 옷 무늬를 본뜬 죽도 코등이(죽도 손잡이 부분의 부품)를 보면 사고 싶은걸. 저걸 내 죽도에 끼고 대련하면 혹여 멋이라는 게 생기지 않을까? 스스로가 멋졌으면 하고 바라는 마음. 이런 게 로망이려나.

　장비로 검도에 대한 로망을 자극받지 않아도 다른 접근이 있다. 칼을 다루는 인물이 나오는 영화나 만화 속 싸우는 모습 자체에서 압도감을 느끼면 검도에 대한 동경이 슬며시 다가오기도 한다. 칼을 쥐고 움직이거나, 무기를 들고 온몸으로 돌진하는 영화 또는 만화 속 캐릭터를 보면 자연스레 눈길이 더 간다. 광선검을 들고 초능력을 사용하는 영화 〈스타워즈〉의 제다이 기사들. 큰 칼을 휘두르며 로봇을 소환하는 만화 〈마법기사 레이어스〉의 여중생들. 이런 것들을 떠올리면 왠지 모르게 싸울 힘이 나는 순간이 생긴다.

　만화 〈바람의 검심〉에서 역날검을 휘두르는 십자 상처의 주인공, 〈원피스〉에서 두 손과 입으로 칼을 쥐는 검사 캐릭터. 요즘에는 어린이들이 〈귀멸의 칼날〉을 보고 검도를 시작했다는 이야기를 들었다. 몇 년 후면 마흔이 되는 나도 넷플릭스에서 TV판을 정주행하고 마침 한국에 개봉한 극장판까지 눈물 콧물 쏟으며 보고 왔다. 그런 작품에서처럼 검도하는 사람들의 죽도 끝에서 불이나 물이 튀어나오진 않겠지만, 영화나 만화가 로망을 불러일으키는 건 확실한 듯하다.

"머리! 손목! 허리!" 하고 외치며 상대를 공격하는 검도. 대련에서 공격을 성공시키는 순간은 자신의 필살기를 외치며 상대를 무너뜨리는 만화 속 순간과 많이 비슷하다. 왜 만화 속 인물들은 필살기를 쓸 때 하나같이 그 기술 이름을 외치는지. 확실한 타격이 만들어낸 명쾌한 승리. 그때 느끼는 통쾌함이야말로 고된 회사 생활과 버거운 집안일을 무릅쓰고 죽도를 움켜쥐는 검도인들의 일상 로망 아닐지.

검도 시합에 나가 멋진 공격을 성공시키면 구경하던 사람들의 입에서 "우와" 하는 탄성이 절로 나온다. 때로는 그 환호성이 시합하는 사람의 귀에도 들린다. 사람들의 탄성을 자아낸 게 자기 자신일 때 느껴지는 짜릿함. 그게 어떤 건지 경험해본 사람은 안다. 시합장은 곧 참가자를 위한 무대인데,

그 무대 위에서는 도전하러 나온 사람이 주인공이다. 자신이 주인공이라는 뿌듯함을 일상에서 얼마나 맛보겠는가.

시합장에서 멋진 검도인이라도 직장에서는 일상에 쫓기는 어른일 뿐이다. 마음이 재처럼 닳아버린 어른한테는 로망이 낯설다. 아니 낯설다고 생각했는데, 내가 잘못 생각했는지도 모른다. 얼마 전 도장에서 한 선배가 "비천어검류!"라 외치며 죽도를 들고 펄쩍 뛰는 소리를 들었다. 〈바람의 검심〉 주인공이 쓰는 검술이잖아. 익숙한 단어가 반가운데 알은척했다간 왠지 뻘쭘해질 것 같았다. 입이 근질근질한 가운데 토끼처럼 귀만 쫑긋거렸다.

그래도 좋다. 사회생활에서 쪼그라드는 어른들에게도 신나서 껑충 뛰어오를 유치함이 있었으면. 그들이 검도장에서만큼은 자기 자신을 활짝 펼쳤으면. 그걸 로망이라 부르든 또 다른 이름으로 부르든 간에.

열정과 경험을 교환하다

선배가 되어가는 길목에서

중학교 때 도장에서 수련하던 친구가 대학 입시를 치르고 오랜만에 돌아왔다. 키가 내 목 아래 정도였는데, 어느새 내 머리 위를 훌쩍 넘게 자라 있었다.

"이 선배 기억나? 너 중학교 때도 있었는데."

"그럼요. 기억해요."

나를 가리키며 묻는 남자 선배의 질문에 키가 훌쩍 자란 친구가 답했다. "으… 그만 커!" 그 친구가 검도를 다시 시작한 것은 좋은 일이지만, 그 친구의 성장이 곧 내 노화인지라 어쩐지 속이 쓰려 외쳤다. 나보다 몸집도 크고 힘센 후배들이 생기는구나. 그런 친구들은 나보다 숙련도가 떨어져도 힘과 탄력이 매우 좋다. 대련할 때도 지치지 않고 부딪혀 온다. 그들의 빠른 속도에 감탄하면서 부러움이 차올랐다. 이런 마음을 대놓고 드러내기가 쉽지 않다.

"요즘 몸이 예전 같지 않아요."

30대 후반의 몸과 마음을 한탄하고 있으면 40대 선배들이 말한다. "어허, 아직 나이 앞자리가 4도 아닌 사람이!" 만년 막내일 것 같던 나도 이젠 선배 역할을 하게 되었다. 힘과 스피드가 떨어진 채, 그래도 몸 어딘가에는 깨우친 지식이 쌓인 채로 선배가 되는 과정에 있다.

승단이나 시합을 여러 번 경험했지만 그게 꼭 누군가의 선배가 되기 위해서는 아니었다. 승단이나 시합 같은 도전은 결국 나 자신이 성장하기 위한 이벤트였다. 여간해서는 남이 알아서 나를 위해 뭔가를 해주진 않으니까. "저 승단 준비해요", "저 시합 나갈 거예요"라며 이런 목표를 삼고 있다고, 앞으로 이런 이벤트에 도전할 거라고 티를 내고 다닌다. 관장님에게 "저 승단 심사 도전하겠습니다"라고 말해야 실력을 키우고 싶은 나 자신의 마음이 뚜렷해지고, 그런 나를 바라봐주는 사범님들의 피드백도 층층이 쌓여간다.

피드백을 기준점 삼아 연습하다 보면 검도를 새로 시작하는 것 같은 마음이 들곤 했다. 그렇게 켜켜이 쌓인 자신이 어느새 누군가를 가르치거나 챙길 수 있는 사람으로 변해가는 것. 그러면서 내게 기울인 노력을 나중에 시작한 사람들에게 쏟는 순간이 생겼다. 도장에서 숱한 사람들이 오가는 것을 경험해온 나로서는 그것이 일종의 순환처럼 느껴진다. 이 작은 공간에서도 흐르는 시간과 사람들이 있다.

날 때부터 선배인 게 아닌지라 선배 역할에 대한 감을 영 잡지 못했다. 선배가 되려면 뭘 할 줄 알아야 할까. 이런 건 승단 심사 채점 기준표처럼 목록이 정해져 있으면 좋겠는데. 알아서 깨쳐보려고 해도 시도할 계기가 별로 없다. 도장 성인부에 후배가 생기는 일은 가뭄에 콩 나듯 한다. 검도한 지 최소 10년 이상 된 숙련자로 가득한 성인부에서 처음 운동하는 사람들이 기죽지 않고 꾸준히 수련한다는 것 자체가 큰 장벽이다. 여자 초보자라면 성별이 같은 수련자가 없다는 사실에 더 큰 장벽을 느낄 수 있겠다. 성인부라고 해도 사실 성인 '남자부'라고 해야 할 만큼 성비가 압도적이기 때문이다. 여자가 대부분인 요가에서 남자들이 뒷걸음질 치듯 여자들도 그렇게 스윽 사라지고 만다. 내게도 그간 쌓아온 걸 나눌 누군가가 있으면 좋으련만….

후배는 곧 동료이기도 하다. 나는 후배이자 동료를 갖고 싶었다. 시합장에서 팀을 이뤄 출전하는 여성 단체전 멤버들을 보면 함께라서 나눌 수 있는 몸짓이 무척 다양했다. 손을 모아 파이팅을 외치고, 시합에 앞서 몸을 풀 때 정확하게 나머지 팀원들에게 연습해야 할 동작을 제안하고. 매번 사람이 없어 개인전에만 나가는 나는 성장할 수 없는 피터팬 같았다. 나 스스로를 챙기기도 쉽지 않지만, 혼자서는 꿀 수 없는 꿈도 있다.

후배들은 밀물과 썰물처럼 밀려왔다 사라지기를 반복했다. 뒤따라오는 사람이 생기길 바라는 마음도 더 나이를 먹으니 어쩐지 지쳐갔다. '그래, 나나 잘하자' 하는 생각에 반쯤 마음을 내려놓는 일도 자연스러웠다. 그럼에도 후배가 생기면 당황스러우면서도 좋다. 나는 그들에게 그간 쌓은 지식을 안내하거나 그간 겪은 경험에서 필요하다고 생각했던 것들을 안내해줄 수도 있을 테다. 후배들이 가진 게 체력과 열정이라면 나에겐 경험이 있다.

"팔 각도를 좀 더 완만하게 바꿔봐."

"어깨에 힘이 들어가 봉긋 솟으면 움직임이 뻣뻣해져."

"오른손에 과하게 힘주는 거 금지!"

그동안 나를 키우는 데 집중했다면, 이제는 내 것을 누군가에게 전하는 일에도 새롭게 도전해보고 싶다. 요즘 생각보다 많은 도장 후배들이 눈에 띈다. 반가운 마음에 이것저것 지적하는 말이 점점 늘어난다. "혹시 힘들어?" 상대의 상태를 살피고 묻는 말도 종종 한다. 착한 선배가 되고 싶은데 잘하고 있는 건가? 혹시 말이 너무 많나? 후배님들, 뭔가 이상하면 속 시원히 이야기해줘도 괜찮은데….

일상에서 잠시 검도가 사라지다

검도 난민이 되었던 막막한 나날

어느 여름날 저녁. 관원들이 도장 근처 카페에 모였다. 보통 때라면 삼삼오오 도장에서 도복을 입고 모일 시간이지만 이 날은 평상복을 입은 채였다. 나까지 도착하니 중년 남성 5인에 장년 여성 1인의 조합. 회사에서 하는 회의라면 모를까, 이해관계가 전혀 없는 취미 모임에서 이런 구성으로 모일 일이 있으려나? 우리끼리는 어색하지 않다. 모인 사람들은 오랫동안 저녁 시간을 공유해온 관원들이다. 평소에 칼(죽도)을 들던 사람들이 모이니 원탁의 기사들이 여는 비밀 회합 같기도 했다.

모인 이유는 하나. 앞으로 수련을 어떻게 할지 정하기 위해서였다. 코로나-19라는 생전 처음 겪는 전염병으로 모두 마스크를 쓰게 된 일상. 전염병 방지를 위한 사회적 거리 두기 이후로 두 달간 수련을 중단한 바 있었다. 뉴스에 나오는 코로나 확진자 수는 늘기만 할 뿐. 사설 도장은 대부분 운영을 이어가고 있었지만 지역 공공 체육 시설인 우리 도장은 시설 폐쇄가 확실해졌다. 주 1회씩 겨우겨우 이어가던 수련조차 더는 할 수 없을 터였다.

수련을 할 수 없는데 언제 다시 하게 될지도 모른다니, 마음이 울적해졌다. 이제껏 수련을 하지 못하게 하는 이유는 야근뿐이었는데. 지도 사범님에겐 당장의 수입 고민이 있을 터였다. 그 고민에 비할 바 아니겠지만 관원들은 저녁 일상의 중심을 이루던 무언가가 갑자기 사라진다는 데 대한 상실감이 컸다. 선배들을 만나러 가는 길에 그런 생각을 했다. 수련해온 사람들과 얼굴을 맞대며 답답한 마음이라도 나눠보고 싶다고.

"도장을 언제 다시 열지 몰라요. 그동안 다른 도장에 다니는 것도 괜찮은 선택이라고 봐요."

모인 관원들 앞에서 지도 사범님이 설명했다. 의료진이 고

생하는 상황에서 전염병 방지에 힘을 보태야 하는 시민으로서의 책임감과 검도 '덕후'로서의 마음이 갈팡질팡했다. "주 1회 정도라도 가늘게 쭉 가면 안 될까요? 정말 안 되나요?" 막상 만났을 때 그리 긴말이 오가지는 않았다. 오랫동안 방치할 수 없으니 검도 장비를 각자 정리해 가져가는 것으로 마무리되었다.

앞으로 닥칠 시간에 대해 구체적으로 상상하면 기분이 좀 나을까. 그나마 예측이 가능하다는 면에서 말이다. 일단 근육이 손실되겠지? 실력도 뒷걸음질 치겠지? 어쩌면 실력 이상의 것들, 이를테면 여기 사람들과 어우러지며 나누던 일상의 이야기가 마음에서 점점 흐려지겠지. "꼭 난민이 된 거 같아." 도장에서 함께 내려오던 누군가가 말했다. 난민이 처한 현실의 심각성에 비길 수는 없겠지만 갈 데가 없어졌다는 점에서 느낌이 비슷했다.

관원들과 서로 인사를 나누고 헤어진 그날 이후 1년 정도 몸을 움직이지 않는, 스스로 '게으른 저녁의 나날'이라 이름 붙인 시간이 시작되었다. 그 시간을 보내는 동안 나에겐 몇몇 변화가 생겼다. 일단 몸무게가 늘었다. 수련을 해도 살이 빠지지는 않았는데, 수련을 하지 않으니 먹는 양에 변화가 없어도 몸무게가 쉬이 늘었다. 도장 문을 닫기 직전 다쳤던 왼쪽 아킬레스건이 나을 시간은 넉넉하다 못해 넘치도록 주어졌다. 몸을 움직이지 않으니 무기력감이 크게 느껴졌다. 몸의 부상을 다스리는 게 먼저인지 마음의 케어가 먼저인지 점점 헷갈리기 시작했다. 그러다 자연스레 몸을 움직일 다른 방법을 찾게 되었다.

유튜브 영상을 보고 따라 하는 운동이 늘었다. 이를테면 요가나 근력 운동. 일주일에 한 번씩 화상으로 요가를 하기도 했다. 부들부들. 어깨 서기와 거꾸로 선 활 자세 같은 것들을 하다 보면 몸이 벌벌 떨렸다. 몸을 쓸수록 가까스로 마음의 평정을 되찾았던 것 같다. 나중에는 틈나는 대로 달리기도 해보았다. 사회적 거리 두기로 집 밖을 자유롭게 벗어나지 못하는 제한적인 상황에서도 나름 여러 움직임(?)을 탐구한 시간이었던 셈이다. 검도 외에도 세상에는 다양한 움직임이 있더라.

당연하게 여기던 일상을 벗어났을 때, 좋아하던 운동을 새롭게 바라보게 되었다. 그 거리감에서 비롯된 낯설게 보기도 나쁘지 않았다. 다양한 것을 해나가면서 검도하던 나와 다른 운동하는 나를 비교할 수 있었으니까. 일단 마음가짐부터 다르다. 검도가 아닌 다른 운동을 할 때는 몸을 일으켜 세우는 것도 귀찮고 준비 시간도 길다. 운동하기 싫어하는 나라니. 검도를 하러 갈 땐 어떻게든 시간을 내 도장으로 달려가곤 했는데. 검도할 땐 무슨 수로 한달음에 '하고 싶어'까지 마음이 다다랐던 걸까. 때로는 너무 재미있고, 때로는 도장 사람들과 어울리며 상처받기도 하고. 그럼에도 다시 새로운 도전 과제 앞에 서서 나를 단련하는, 자신을 다채롭게 변하게 하는 수련의 일상. 그것이 꽤 재미있고 소중했던 모양이다.

실전

수련의 성과가
보이는 순간

매일 이뤄지는 수련.

물론 검도를 하는 것 자체로 충분하긴 하지만,

성장하려면 '그저 하는 것'만이 다가 아니게 된다.

뭘 어떻게 해왔는지,

앞으로는 뭘 해내야 할지,

내가 아닌 다른 사람이 보기에도

납득할 수준으로 성장할 필요가 있다.

이런 과정을 거쳐야 하는 이유는

더 나아가기 위해,

그리고 지금 좋아하는 것을

더 오랫동안 좋아하기 위해서다.

마침내 머리보다 몸이 먼저 반응하다

주춤거리던 나를 받아들인 결과

"로봇이냐? 뻣뻣해!"

언젠가 나간 지역 대회에서 내 시합을 본 관장님의 말이었다. 스마트폰에 찍힌 시합의 전말은 내 눈에도 좀 우스꽝스러웠다. 얼어붙은 듯한 발과 엉거주춤 기울어진 상체. 온몸에서 긴장한 티를 훅훅 내고 있었다. 조금이라도 긴장감을 누그러뜨릴 수 있었던 건 관장님 덕분이다. 검도 보호구를 쓰고 있던 내 머리를 두 손으로 잡아 횡횡 돌리시는데, 안 풀어질 재간이 없었다. 상대에게 뛰어 들어가려다가 멈칫하는 발, 앞으로 쭉 뻗으려다가도 상대의 기세에 깜짝 놀라 접는 두 팔. 내가 주춤하는 순간 여지없이 상대 죽도가 빈 곳을 친다. "또 졸아서 멈칫하다가 칼을 접네." 도장 관원들 별명 제조기인 4단 너부리 선배가 지적하면 "뭐라고요?" 하며 툴툴거리지만 인정할 수밖에 없다.

이런 나지만 이따금 스스로 느끼기에도 물 흐르듯 부드럽게 움직이는 순간이 있다. 홈그라운드라 할 수 있는 도장에서 그렇다. 딱 맞는 타이밍에 튀어나오는 부드러운 발동작, 확신에 차서 뻗는 두 팔이 상대의 타격 부위를 정확히 때린다. 검도라는 한 우물만 판 뚝심이 타고난 몸의 뻣뻣함마저 극복한 건지. 상대방의 힘을 이용하는 타이밍, 내 몸을 자연스럽게 앞으로 내던질 수 있는 발과 허리의 작용. '이렇게 쳐내야지' 하고 머리로 생각해서 노린 건 아니다. 정신을 차려보면 이미 내 몸이 뭔가를 해내는 순간이 있다. 그럴 땐 내 몸이 퍽 대견하다. '사람의 몸에서 생각하는 기능이 머리에만 있는 건 아닌가 봐'며 신기해한다.

상대와 칼을 맞대는 어느 순간, 감각적으로 적절한 동작을 하는 몸. 이와 관련해서 지난 토요일 수련의 한 장면이 떠올랐다. 종종 도장을 찾는 중년 남자 선배와의 대련. 상대나 나나 서로의 정중앙을 노려 머리 치기 공격을 위해 동시에 몸을 던진 상태였다. 그 잠깐의 순간, 상대의 몸이 움직임을 일으켜 내 쪽을 향하던 찰나에 죽도를 쥔 내 손이 상대의 죽도를 살짝 옆으로 눌러 비껴냈다. 상대의 죽도가 몸의 중심에서 살짝 벌어졌다. 순간 내 눈에는 상대의 머리 위에 큰 공터가 생긴 듯 보였고, "팡!" 하는 커다란 소리와 함께 상대의 머리 정중앙에 내 죽도가 정확히 꽂혔다.

손끝의 명확한 타격감이 몸 전체로 퍼지던 확신의 순간. 1초도 안 되었을 짧은 그 순간에 '상대의 죽도를 제친다'와 '상대의 머리를 친다', 이 두 동작을 다 해낸 내 몸을 칭찬하고 싶어졌다. 나중에 인터넷 검색을 해보니 검도의 공격 기술 중 하나인 '제치는 머리 치기(일본어로는 하라이 멘)' 기술이라고 한다. 상대가 공격하러 앞으로 나오는 찰나에 써먹기 좋은 기술이라고.

평소에 연습하던 기술이 나온다거나, 연습하진 않았더라도 머릿속에서 상상하던 공격이 몸으로 표현되는 순간. 그걸 해내는 스스로에게 참 신기하고 생생한 감정이 느껴진다. 무엇보다 상대와의 싸움인 대련에서 한껏 저항감을 느끼면서도 그걸 넘어 뭔가를 해낼 수 있다는 데 대한 놀라움이 있다.

"큰 압박감을 몸으로 맛보게 하고 그에 대한 저항력을 기르는 건 정말 좋은 훈련법이에요." 트위터에서 운동 계정을 운영하는 분이 올린 멘션이 딱 맞는다.

긴장감과 마주하기. 어쩌면 검도를 포함한 여러 무도에서 대련은 이 부분을 훈련하는 일종의 게임일지 모른다. 긴장감 앞에 자기를 내놓고 그 막막함에 익숙해지는 일. 압박감을 감당하며 점차 견고해지는 맷집. 그렇게 내 마음과 몸의 역량을 조금씩 키워간다. 그래서 우리는 수련에서건 일상에서건 '도전'이 될 만한 상황 앞에 계속 자신을 내놓는 걸 테다.

두려움을 넘어서기. 두려움 많은 나를 딛고 넘어 상대에게 닿기. 사람에 따라서는 금세 할 수 있는 일일 수도 있지만, 나 같은 사람에겐 많은 시간을 들여야 하는 번거로운 과정일 수 있다. 자신의 미숙함을 바라보고 견뎌야 하기 때문이다. 어색한 몸짓, 숨을 헐떡이며 대책 없이 내지르는 기합. 이걸 드러낼 때 얼마나 쑥스럽던지. 그러나 분명한 건 어떤 결과든 '그 상황에 맞는 움직임을 할 줄 아는 나'와 반드시 만난다는 사실이다.

승리는 끈기 있는 자에게 돌아간다

흔들리는 마음을 잡아준 선물

오늘도 내 머릿속에서는 서로 다른 목소리가 싸운다. 도전하고 싶은 마음과 포기하고 싶은 마음. 내 안에서 항상 주도권을 다투는 양대 세력이다. 어릴 때부터 현재까지 계속되고 있으니 나름 싸움의 역사가 깊다.

"나는 너 묵언수행하는 줄 알았다?" 전에 다니던 도장의 언니는 구석에서 말없이 기본동작을 연습하는 나에게 이렇게 말했다. 있는 듯 없는 듯 지내는 소심 끝판왕의 마음속. 거기서 나름의 격렬한 전투가 벌어진다는 걸 사람들은 알려나. 요즘은 묵언수행 소리를 들었다는 사실이 무색하게 도장 사람들과 말을 잘하지만 그럼에도 갈팡질팡하는 마음은 여전하다. 도대체 이 다툼의 끝은 어디일지. 두 목소리가 어떻게 싸우는지 슬쩍 살펴보자면 이런 식이다.

"5단 승단하고 싶다. 근데 내가 해도 될까? 5단 여자 사범을 별로 본 적이 없어."

"생활스포츠지도사 자격증? 체육 전공자만 하는 거 아니야? 나 같은 몸치도 할 수 있나?"

"대회 입상? 그거 투지 좋은 사람들이나 하는 거 아냐?"

"지도자 자격증에 도전하려고요"라 말하면 이런 답을 들을지 모른다. "네가 그걸 준비한다고?('별로 잘하는 것 같진 않은데?'라는 말이 숨어 있다고 생각한다)" 이건 누군가 나에게 할 것 같다고 내가 생각하는 말이다. 동시에 나를 주저앉히는 스스로의 목소리이기도 하다. 분명 검도를 좋아해서 도장에 가는데, 수련하는 일상에서 어려움을 마주할 때 부족한 내가 드러나는 순간부터 마음이 쪼그라든다. 마음이 쪼그라들면 몸도 움츠러든다. 주변에 사람이 많아도 외톨이가 된 것 같다. 좋아하니까 뭔가에 계속 도전하게 되긴 하지만 주변에서 "굳이?", "왜?"라는 질문을 받으면 하고 싶다고 결심했던 마음도 작아지곤 했다. 도전할 만큼 실력을 갖춘 사람으로는 보이지 않는 걸까?

그런 와중에 시합장에서 만난 친구가 도장으로 놀러 왔다. 울산에 사는 이 친구와는 전국 규모의 여자 검도 대회에서 만났다. 처음 만난 해에는 3위 입상 시합 직전까지 올라갔다가 미끄러진 그를 봤다. 다음 해 같은 대회에서는 이 친구가 울산에서 서울로 올라오는 KTX를 놓쳐 출전 선수들에게 나눠주는 번호표를 못 받을 뻔한 적이 있었다. "사범님, 혹시 제 번호표 좀 받아주실 수 있으세요?" 다급하게 말하는 그의 전화에, 나는 번호표를 미리 받았다가 헐레벌떡 뛰어온 그에게 전했다. 내 기억이 맞다면 그때 이 친구는 급하게 비행기를 타고 서울로 날아왔다. 나라면 시합을 포기할 텐데, 망설임 없이 비행깃값을 결제한 열정이라니. 이런 그가 내가 다니는 도장으로 한번 놀러 온다던 말을 지키기 위해 그 무거운 검도 장비를 들고 울산에서 서울까지 한달음에 왔다. 이렇게 시합에서 맺은 우연한 만남이 선물한 인연도 있다.

검도 장비를 들고 온 친구를 만나 내가 다니는 도장으로 향했다. 걸으면서 그 친구와 대화하던 도중 슬쩍 궁금한 게 생겼다. 이 열정적인 사람도 혹시 나중에 검도로 자격증을

딸 생각이 있을까? "혹시 생활스포츠지도사 자격증 공부할 생각 있어요?" 느릿느릿 꺼낸 내 말의 속도가 무색하게 망설임 없는 그의 답이 돌아왔다. "네." 속으로 놀랐다. 자신이 원하는 걸 저렇게 확신하고 말할 수 있구나. 긴 머리에 말간 피부와 또랑또랑한 눈. 인상이 말끔한 친구는 그 느낌에 걸맞게 뭔가를 원하는 마음도 선명하게 말할 줄 알았다.

도장에 도착한 그는 장비를 착용한 후 대련에 임했고, 그날 도장의 남자 선배들은 여자인 그 친구가 휘두르는 죽도 끝에 먼지 털리는 이불처럼 맞았다. "이야아아아아앗!" 맹렬하고 날카로운, 쩌렁쩌렁 울리는 기합 소리. 내 눈에 친구는 사냥감에게 전력 질주하는 맹수 같았다. 상대의 손목이 살짝만 들려도 "퍽" 소리와 함께 친구의 죽도 끝이 내리꽂혔으니까. 친구와 대련을 끝내고 뒤돌아선 남자 선배님과 눈이 마주쳤다. 내 눈이 잘못된 게 아니라면 그분 눈가에 촉촉이 맺힌 이슬을 본 것 같은데…. 나중에 왜 그렇게 열심히 대련했냐고 물었더니 이런 답이 돌아왔다. "다른 도장에 와서 그런지 긴장해서요." 쑥스러움에 투지가 섞일 수도 있나.

한바탕 대련이 끝나고 친구와 저녁을 먹었다. 허기가 져서

베트남 쌀국수와 맥주를 들이켜는 내 앞에 그가 선물을 내밀었다. 호구를 쓰기 전 머리를 감쌀 때 쓰는, 직접 그림과 글을 그려 넣은 면 수건이었다.

"제가 만든 거예요.제가 좋아하는 말을 적어봤어요."

면 수건에 적힌 문구를 유심히 봤다. 'Victory belongs to the most persevering.' 나폴레옹이 한 말인데, '승리는 가장 끈기 있는 자에게 돌아간다'는 뜻이다. 승리라니. 한동안 계속 지는 기분으로 수련해온 나에게 승리라니. 이 면 수건에 적힌 승리라는 말의 의미는 뭘까. 실력이 나아지는 일일까. 만년 시합 탈락의 늪을 벗어나는 일일까. 승리라는 단어가 나에게 어울리는 말인가.

집에 돌아와 면 수건을 펼쳐 그 문구를 다시 봤다. 원래 잘 울지만 눈물이 찔끔 났다. 그 문구를 본 순간 덜 외롭게 느껴져서. 갈팡질팡하는 내 마음에 멀리에서 날아온 응원이 덧대진 것 같았다. 먼 곳에서 온, 말간 얼굴의 씩씩한 그 친구는 머나먼 울산으로 돌아갔다. 지금은 연락이 끊어진 사이. 그래도 작은 말의 힘에 기대 지지부진한 시간을 버텼던 그때가 여전히 마음 한편에 남아 있다.

도장 깨기의 나날

물론 깨지는 건 나였지만 말이지

혹시 '도장 깨기'라고 들어본 적 있는지? 검도를 포함해 유도나 주짓수 같은 무예 수련자가 다른 도장에 교류하러 갈 때 하는 말이기도 하고, 일반 사람들 사이에서는 맛집 찾기나 핫 플레이스 방문 등 특정 분야의 유명 장소를 하나둘 섭렵할 때 쓰기도 한다. 검도장에 다니는 검도인들은 때때로 자기 도장뿐 아니라 다른 도장을 찾아가 교류를 청하기도 하고, 누군가의 초청을 받아 방문하기도 한다.

익숙한 자신의 수련 공간을 벗어나 다른 곳의 사람들을 만나는 일. 어딘가로 몸을 움직이는 게 수고롭긴 해도 새로운 만남 덕에 실력이 느는 계기도 된다. 또는 다른 곳에서 자신의 수련 성과가 어느 정도 통할지 가늠하게 해주는 잣대를 만들어주기도 하고 말이다. 무엇보다 한동안의 관성을 벗어나 새로운 사람과 칼을 맞대는 순간이 그 자체로 재미있다. 이런 과정을 두고 검도하는 사람들끼리는 칼을 교류한다는 의미를 담아 '교검(交劍)'이란 표현을 쓴다. 칼을 교류하며 생기는 우애를 가리키는 '교검지애(交劍知愛)'란 말도 있다. 우정 또는 애정의 감정이 생기는 데 말주변은 그리 중요하지 않을지도 모른다. 서로 공격의 합을 겨루는 무도에서는 몸으로 의사소통하며 생기는 우정이란 게 있다.

다니는 도장에서는 지박령 같은 나. 그래도 지인이 초대해주는 등의 기회가 생기면 다른 도장에 찾아가 교류한다. 찾아간 도장 사람들을 잡는 편인지, 아니면 잡히는 편인지 물으신다면 주로 제 머리가 깨지는 쪽에 가깝습니다만. 아무튼 인스타그램에 그린 검도 만화를 계기로 경기도 광주의 검도관까지 찾아가 사람들과 칼을 맞댔다. 시합장에서 마주친 사람들의 도장에 찾아가기도 하고, 단체전 팀을 결성했던 같은 지역구 내 다른 도장을 찾아가 교류전을 하기도 했다. 때로는 캐리어에 호구를 바리바리 싸 들고 찾아가는 행색이 꼭 지하철에서 물건 파는 사람처럼 보인다. 여권만 있으면 그대로 인천공항에 가도 될 것 같다.

남의 도장에 가면 어쩐지 평소보다 더 잘하고 싶어진다. 가까운 이웃 도장을 찾아갔을 때 내 마음이 그랬다. 어느 정도 수련 연차가 있는 사람인데 허투루 맞지는 않겠지? 자신만만한 마음으로 그곳의 도장 고참들에게 기세 좋게 덤벼들었다. 그러다 나의 수련 연차를 거뜬히 넘어서는 그들에게 흠씬 두들겨 맞았다. 여기 사람들은 공격 속도가 나보다 두 배는 빠르네. 난 고지식하게 노리던 곳만 치는데. 여기 분들은 칼의 방향을 돌려 상대를 속이기도 하는구나.

더 압도적으로 제압당하는 순간은 선수 출신 관장님이 운영하는 도장을 찾아갈 때다. 관장님과 대련했다가 머리부터 손목, 허리, 때로는 목 부분 득점 부위인 찌름까지 고루 맞고 나왔다. 죽도로 팡팡 맞을 땐 머릿속에서 여러 생각이 스친다. 죽음 직전에 경험하는 주마등이 이런 건가.

압도적인 실력 차 앞에서는 할 수 있는 게 없다. 그런데 아무것도 통하지 않는다 해서 아무것도 안 할 수는 없다. 일부러 시간을 내서 나를 받아주는 눈앞의 사람이 있기 때문이다. 가르침을 청하기는커녕 배움을 포기하면 실례니까. 실수든 성공이든 뭐라도 해야 한다. 그래야 관장님이 개선점을 눈여겨보고 코멘트를 해주신다. 그들 앞에서 겸허해지고 작아지는 것은 사실 당연한 일이다.

검도를 통해 수많은 상대와 마주한다. 새로운 사람을 알아가는 만큼 탐구할 게 끊임없이 생긴다. 거대한 도서관에 온 듯한 기분이라 해야 할까. 수없이 튀어나오는 개선점 앞에서 뭘 어째야 할지 갈피를 못 잡을 때도 있다. 선택해야 하는 건 막막함과 좌절인가, 아니면 호기심과 성취감인가. 이왕 수련의 시간을 보낼 거라면 막막함보다는 탐구심에 기대보면 좋겠다. 이왕이면 내 성장으로 이어지는 것으로.

죽도로 흠씬 두들겨 맞는 순간이 와도 마음을 비우고 싶다. 새로운 경험을 하면서 벽처럼 무너진다면 좀 더 회복 탄력성이 생기기를. 잘하고 못하고를 떠나 깨지고 또 새로워질 수 있기를. 잘되지 않지만 꼭 잘되는 것만 바랄 필요는 없지 않을까. 부서짐과 단단해짐의 반복, 그 어디쯤에서 일희일비 하지 않는 단단한 마음을 얻을지 모르니까.

나에겐 '다음'이라는 단단한 무기가 있다

만년 1회전 탈락의 늪을 벗어나다

여름 시합 시즌이 왔다. 시합장에 가면 검도가 비인기 종목임에도 참여자가 많다는 데 놀라고, 진지한 시합을 펼치는 아마추어들을 보며 직업선수 못지않은 열정에 자극받기도 한다. 생계나 집안일에 치이면서도 짬을 내 수련해왔을 사람들. 아마추어 대회에 나가면 나와 비슷한 마음으로, 또는 그 이상으로 검도를 좋아하는 이들이 있다.

한창 야근을 많이 하던 어느 해에도 전국의 아마추어 검도인이 참가하는 사회인 검도 대회에 참여했다. 대회 웹사이트에 들어가 선수로 등록하고 출전비를 입금하면 신청 완료. 시합에 출전한다고 결심을 굳혔지만 고민이 되었다. 야근의

늪에서 허우적거리느라 수련을 건너뛴 날이 훨씬 많았기 때문이다. 웬만한 강도의 수련에도 변함없던 몸무게가 스트레스 탓인지 3~4킬로그램 빠졌다. 도장에서의 수련은 횟수로는 주 1~2회이고, 가더라도 20~30분 겨우 시간을 내서 하는 정도였다. 내 몸은 장마에 녹아내린 채소처럼 피로와 스트레스에 녹아 흐물거렸다. 밥벌이하는 성인의 검도 '덕질'이 이리 녹록지 않다.

연습량이 적더라도 어쩔 수 없다. 도전하려는 마음은 여전해서 내가 나가기로 마음먹든 누군가가 나가자고 하든, 어떻게든 시합 시즌에는 시합장 근처를 서성이던 기억이 관성처럼 내 등을 떠밀었다. 노력할 여건이 안 된다 해도 어쩔 수 없다. 언젠가는 꼭 이기고 싶다. 도전하지 않으면 아무 일도 안 일어나니까. 좌절도 없지만 기쁨도 없으니까. 시합장 앞에 서봐야 무엇이 나타날지 알 수 있을 터다.

사실 출전자 중에는 운동량을 늘려 시합 연습을 따로 하는 이들도 많다. 그들의 대전 상대로 피곤에 흐물거리는 내가 죽도를 쥐고 선 장면을 상상하면…. 사실 지는 게 당연하다. 내가 시합에 출전하는 이유는 1회전 상대가 몸을 풀도록 돕는 스파링 파트너 역할 정도려나. 그래도 수많은 도전의 날 중 '오늘'은 다를지 모른다. 1회전 상대가 꼭 고수란 법도 없지. 아무렴. 오늘은 이길지도 몰라. 번번이 실패해도 끝내 좋은 것이 나타날 단 하루를 기다리고 싶어서, 뭐라도 시도해 보려는 마음을 간신히 움켜쥔다.

시합 당일. 대회 현장에 도착해서는 으레 하는 것들을 하나씩 해나갔다. 먼저 대진표 책자 챙기기. 대진표를 보며 내 시합이 개인전 몇 조에 해당되는지, 해당 조가 몇 번째 시합장에서 경기를 하는지 확인한다. 그다음은 대진표에서 내 이름이 상대편 위에 있는지 아래에 있는지 살핀다. 그에 따라 시합 때 선수가 등에 매달아야 할 '등띠'의 색이 정해진다(위 사람이 청띠, 아래 사람이 백띠인데, 요즘은 규정이 바뀌어서 청색이 홍색으로 바뀌었다).

호구를 착용하고, 내 색에 해당하는 등띠를 달고서 해당 시합장에 선 채 순서를 기다린다. 그리고 대기하면서 앞선 경기를 본다. 미리 몸을 풀고 시합에 들어갈 수도 있지만, 그러지 못한 채 장비만 간신히 착용하는 경우도 있다. 그럴 땐 앞선 시합을 보면서 사람들의 공격 속도를 유심히 살핀다.

내가 시합할 때 상대한테서 날아올 칼의 빠르기가 저 정도쯤 되려나? 지금 보고 있고 있는 상대가 꼭 내 대전 상대는 아니지만, 계속 살피다 보면 내가 시합장에서 분투하는 것처럼 목이 묵지근하게 잠기고 손에서는 식은땀이 난다.

긴장감을 잘 다스려 시합에 집중하면 결과가 좋다. 그게 안 된다면 속절없이 상대에게 맞고 나온다. 압박감을 못 버틴 스스로가 아쉬우면서 화도 난다. 하지만 그날 사회인 대회에서는 좀체 도망치기 싫었다. 긴장할 때마다 느꼈던 허리 통증도 없었다. 이 컨디션이면 긴장감으로 팽팽한 시합장에서 좀 더 버틸 수 있을 듯했다. 마침 상대의 머리에 빈틈이 보였다. 몸을 앞으로 내던지며 공격했다가, 빗맞은 느낌에 연달아 머리 치기를 시도했고 마침내 성공. 1점을 빼앗고 이후 실점 없이 첫 시합을 끝냈다.

"여기서 다음 시합 대기해주세요."

현장에 있던 진행 요원이 말하는 '다음'이란 단어가 귀에 걸렸다. 그 말이 가져다준 경험도 남달랐다. 만년 1회전 탈락을 할 때 잠깐 긴장하고 지레 포기했다면, '다음'이 있는 2회전 이상의 시합에서는 그렇지 않았다. 긴장하고 체력이 점점 떨어지는 와중에도 만만치 않은 상대와 대련하며 눈앞의 상황을 어떻게 넘어갈지 끊임없이 생각하고 또 시도했다.

"이기면 이기는 만큼 그다음 시합을 경험할 수 있잖아. 체력 분배라든가 실점할 때 만회할 방법이라든가, 여러 가지를 시도할 수 있어. 그만큼 네가 성장하는 거고."

예선에서 탈락할 때 옆에서 해준 소중한 사람의 말이 떠올랐다. 계속할 수 있다는 건 이런 거구나. 몸으로 경험하고, 그 경험치 안에서 직접 뭔가를 해볼 수 있으니까. 나 자신이 조금은 성장한 듯한 기분이 들었다.

시합을 총 세 번 치르고 두 번 이겼다. 입상도 뭣도 아무것도 못했는데 신이 나서 펄쩍 뛰었다. 뭐가 그리 좋았을까? 상관없다. 그날 내 기쁨의 초점은 다른 데 있었으니까. 흐물거리며 일상을 버티던 나. 도전 앞에서 번번이 미끄러지던 나에게 간신히 생겨난 순간이었다. '다음'이라는, 나를 단단하게 만들 새로운 무대가.

놀랄 만큼 기뻤고 아무 일도 없었지만

입상의 기쁨이 일상의 무게에 훅 꺼질지라도

각 시·도 검도회에서는 매년 해당 시 이름 옆에 '컵'을 붙인 검도 대회를 연다. 내가 사는 서울시의 경우 '서울컵검도대회'라는 이름의 대회가 되는데, 여기에 초등학생과 중·고등부 시합까지 합쳐 '서울시교육감배 검도대회'라는 타이틀이 더해진다. 정식 명칭은 '서울특별시 교육감배 학생검도대회 및 서울컵종별검도대회'. 제법 이름이 긴, 서울 권역에서 가장 큰 아마추어 검도 대회다.

나는 이 대회에서 여자부 개인전 3위에 올랐다. 시 규모 대회 개인전에서 처음 해본 입상이었다. 그간 검도에 들인 세월을 생각하면 꽤 비효율적일지도 모르겠다. 노력에 걸맞은 결과도 나오지 않는데 이렇게까지 오래 할 일인지. 하지만 나에게 검도는 좋아하는 일이니까. 살다 보면 그 이유 하나로 고집하는 비효율의 영역이 있다.

손에 트로피를 쥐는 것으로 끝난 그날의 기억. 그날 하루는 도장 아이들의 시합 서포트로 시작되었다. 성인 관원은 물론 아이들까지 시합에 참가하면서 그 아이들을 챙길 사람이 필요해서다. 이른 오전부터 시합 장소인 잠실 학생체육관으로 향했다.

"사범님, 저 장비 잃어버렸어요."

"사범님, 다음 시합 언제예요? 기다리기 지루해요."

시합이 낯선 아이들에겐 본인 시합이 언제 시작되는지 알아내는 것부터 큰일이었다. 그래도 시합장에 들어가면 진지해지는 초등학생과 중학생 아이들. 그 모습이 귀여워서 열심히 응원했다.

"그럴 땐 뒷걸음질 치지 말고 앞으로 나가야지!"

"장외 반칙이라니 긴장하면 그럴 수 있지. 나도 그랬는데…."

주책맞게 감정이입해가며 아이들의 시합 영상을 열심히

찍었다. 점심시간 이후부터는 성인 관원들도 시합장에 속속 도착했다. 그들에게 다른 일을 맡기곤 경기장 관중석 구석의 벽에 기댔다. 옆으로 고꾸라진 채 고개를 뒤로 젖혔더니 이내 눈앞이 새카매졌다. 다시 눈을 떠보니 입 벌린 채 한참 잠들어 있던 나. 입 밖으로 흘러나온 침을 닦았다. 곧 내가 출전할 여자부 개인전 시합이 시작될 터였다.

1회전 상대의 시합 영상을 유튜브에서 슬쩍 봤다. 상대에 대한 공략법을 따로 짜 오지는 않았지만, 그래도 상대를 아주 모르지는 않는다는 정도의 안정감은 있었건만. 내가 먼저 점수를 내고도 상대에게 한 대 얻어맞았다.

'그러면 하나 더 치면 되지.'

생각보다 덤덤하게 잃은 점수를 만회하며 시합을 이어갔다. 첫 시합 이후 거의 쉼 없이 시합이 이어졌다. 숨을 헐떡거리는 통에 "힘들면 호면을 벗었다가 다시 써요"라며 주임 심판분이 따로 배려해주셨던 게 기억난다. 나와 실력이 엇비슷하다 싶으면 앞으로 치고 나가 머리, 나보다 빠르고 칼이 매서운 사람이다 싶으면 잘 버티다가 상대가 튀어나오는 순간을 노려 허리. 나중에는 상대와 죽도를 맞부딪치며 몸싸움을 하다가 뒤로 물러서며 퇴격 손목. 그렇게 4강전까지 시합을 치렀다. 최종적으로는 3위 확정. 검도 인생 십수 년 만에 찾아온, 시 대회 개인전 입상의 순간이었다.

마침 대회에 나갈 때마다 종종 만나던 다른 도장 언니들이 나를 응원했다. 그분들의 축하 인사를 들으며 기분이 들떴다. 아침부터 시합장에 와서 지쳤을 텐데 내 시합이 마무리된 저녁까지 기다려준 도장 선배들한테도 얼마나 고맙던지. 응원과 축하. 그런 것들에 둘러싸여 다른 세상에 다녀온 듯한 기분으로 상장 수여식을 마쳤다.

그렇게 토요일이었던 그날 하루의 끝은, 시상식 뒤풀이였으면 좋았겠지만 주말 출근으로 마무리. 회사 동료에게 "오늘 시합에서 상 받았어요"라고 말을 꺼내봤지만 돌아오는 건 "오, 축하해요"라는 짧고 담백한 말이었다. 자정을 넘긴 퇴근. 한껏 들떴던 마음은 이내 무채색이 되었다. 내가 오랫동안 목표로 했던 입상. 그걸 달성한 후의 일상이 이렇게 밋밋하다니. 몇 시간 전까지 시합장을 종횡무진했던 나와 회사 일로 자리를 지키는 나. 그 온도 차만큼이나 신이 났던 내 표정도 쉬이 덤덤해졌다.

그래도 도장에서만큼은 한동안 사람들 사이에서 이야깃 거리가 되었다. 도장 네이버 밴드에는 다른 선배가 올려준 내 시합 사진에 한껏 축하 댓글이 달려 있었다.

"언젠가 뭐라도 해낼 줄 알았는데 해냈네요."

"축하! 우승한 것과 같아요."

월요일이 되어 도장에 가서는 선배들과 시합날에 관한 대화가 더 이어졌다. "시합 때 헉헉대는 걸 보니 호흡기를 대주고 싶더라고요. 그 모습이 영락없이… 다스베이더?" 시합 영상을 촬영하면서 끝까지 있어준 5단 하마 사범님의 장난기 어린 말. 거기에 "뭐예요?" 하며 눈썹을 찡그리는 나. 검도를 좋아하는 사람이 아니라면 도무지 이해할 수 없겠지만, 도장 에서만큼은 신나게 이야기하는 우리만의 순간이 있다.

함께가 뭔지 알고 싶어서

남자 장년부 단체전에 출전한 여자

이를 어째.

눈앞의 시합이 끝나가고 있었다. 곧 내 차례. 바짝 긴장되었다. 다리가 벌벌 떨린다. 도망가려면 지금이라도 늦지 않았어! 확실한 사실은 내가 단체전 시합을 해보고 싶어 했다는 것이다. 그게 눈앞에 닥친 상황처럼 혼성 팀으로 남자부 시합에 나가는 거였는지는 모르겠지만. 5킬로그램이 넘는 호구가 유난히 무거웠다. 몸을 바닥에 주저앉히는 듯 찾아온 긴장감. 긴장의 중력에 저항하려 제자리에서 폴짝폴짝 뛰어 댔다.

아마추어 검도 대회 중 가장 큰 전국 대회인 한국사회인검도대회. 여기에는 규정이 하나 있다. '남자 단체전 인원이 부족할 때 여성 1인이 선수로 출전 가능하다'는 것이다. 실제 시합장에서 혼성 팀을 본 적은 별로 없지만, 규정집에 있는 작은 문구 한 줄을 믿고 혼성 5인조를 짜봤다. 출전 부문은 남자 장년부 단체전. 여자인 나를 포함하면 장년부 1명과 중년부 3명. 나이로나 성별로나 종잡을 수 없는 조합이었다. 이 팀으로 몇 회전까지 버틸 수 있을지. 남자들끼리 단체전에 나간다 해도 우리가 나가는 곳은 전국 대회였다. 서울뿐 아니라 부산, 대구, 광주 등에서 사람들이 몰려든다. 1회전에서 탈락해도 이상하지 않다.

단체전에 나가고 싶었다. 시합엔 기회가 되면 꾸준히 나가봤다. 그래도 혼자서는 아무리 애써도 알 수 없는 미지의 영역이 있다. 팀워크. 단체전에서는 사람과 사람이 머리를 맞대며 만들어내는 합이 있다. 단체전에서는 각 팀에서 선봉-2위-중견-4위-주장 포지션에 해당하는 사람들이 일대일로 승부한다. 승패를 따져보고 동률일 경우에는 득점 수를 고려한다. 이런 과정에서 개인전에서는 생각할 수 없는 변수가 생긴다. 혼자서는 부족한 사람도 팀 승리에 힘입어 더 높은 곳으로 올라가기도 한다. 내가 아닌 누군가를 믿을 수 있는 시합이라. 혼자 지고 나올 때마다 "단체전에서 힘내자!"라며 서로를 다독이는 다른 도장 사람들을 힐끗 보곤 했다. 그 모습은 번번이 내게 부러움으로 남았다.

무엇보다 기대하는 바가 있었다. 팀 대 팀으로 싸우면서 압도적인 실력 차로 이기는 것도 쾌감이 크겠지? 엇비슷한 팀과 만나 시시각각 드러나는 득점 차 계산에 머리를 팽팽 돌려도 쫄깃할 거야. 이런 부딪힘 속에 혼자서는 가늠을 수 없는 '나 자신'이 있을지도 모르지. 단체전 경험이 드문 나. 게다가 혼성 팀은 더더욱 새로운 시도다. 그렇다고 이런 도전의 조건이 나와 마냥 동떨어진 일 같진 않았다. 평소에도 도장에서 함께 대련하는 건 남자 선배들이니까. 무엇보다 져도 다 경험이다! 도전할 수 있다는 사실에 의미를 부여해보겠다는 마음. 그렇게 시합 장소인 올림픽공원 핸드볼 경기장으로 향했다.

그런데 막상 시합장에서 주눅이 들기 시작했다. "팡팡" 소리와 함께 상대의 타격 부위에 감기듯 휘는 죽도. 크게 발 구르는 소리. 배 속 깊은 곳에서 올라와 목구멍으로 터지는 굵

직한 기합. 장년부 시합을 구경하는데, 키와 힘, 스피드가 압도적으로 우세했다. 거기에서 느껴지는 박력이 피부에 내리꽂히는 것 같았다. 강하다. 확실히 강해. 이게 남자 장년부의 수준이구나. 장년부는 청년부보다 자세도 다듬어지고 경기 운영 감각도 좋다. 중년부보다 젊으니 체력도 좋다. 이런 사람들을 상대로 단체전 1승을 거둘 수 있을까. 파이팅을 끌어올리자며 단체전 팀원들과 하이파이브를 했다. 그래도 긴장감이 드는 건 어쩔 수 없었는지 우리 팀 주장인 하마 사범님의 손이 얼음장처럼 차가워지고 있었다.

1회전이 시작되었다. 단체전의 첫 포지션, 선봉 역할을 하는 너부리 선배가 상대 선봉을 패기 있게 몰아세워 1승을 땄다. 시작이 좋다. 2위와 중견의 시합을 거쳐 내 차례가 왔다. 네 번째 시합. 상대적으로 키가 작은 나와 남자인 상대. 기선을 제압하기 위해 서로 기합을 내지르는 전초전이 벌어졌다. "이야아압!" 상대 소리에 지지 않으려 있는 힘껏 소리를 내질렀는데, 웬걸. 내 입에서 튀어나온 건 "꺄아아악!" 같은 비명 소리였다. 시합 시작하자마자 1점 실점. 시합 초반에 맞았으니 만회할 수 있다. 1점. 딱 1점만. 상대가 머리 공격을 시도했다. 나는 날아오는 죽도를 받아 상대의 오른 허리를 쳤다. 타격을 인정하는 심판기가 번쩍 들렸다. 그렇게 가까스로 무승부. 바로 다음 순서인 다섯 번째 선수는 손이 얼음장처럼 변한 주장님이었다.

사회인 대회 토너먼트에서 우리 팀은 어디까지 올라갔던가. 최종 성적은 조 결승 진출. 전국 각 지역의 도장들이 1회전만 뛰고 발길을 돌리는 그곳에서 의외의 선전이었다. 무엇보다 경험 자체에만 의미를 뒀는데, 시합을 뛰며 즐거운 순간이 의외로 많았다. 팀 중 누군가가 시합장으로 들어갔을때 파이팅을 외치며 박수를 친 팀원들. 점수를 계산하면서 '앞에서 졌으니 이번에는 비겨줘야 해' 하고 마음먹고선 시합장에 들어가 실제로 해낸 나. 시합장 바깥에서 영상을 찍으며 선수들을 응원해준 사람들. 시합 시간 30초 남았을 때부터 "20초! 10초!"라고 큰 소리로 외치며 알려준 게 얼마나 도움이 되었던지. 다 같이 응원해주는 시합을 하는 것은 흔치 않은 경험이다.

'함께'라는 말의 뜻을 제대로 경험한 날이기도 했다. 그날 인스타그램에 응원해준 사람들에게 느낀 고마움을 적었다.

슬럼프

함께 시합을 뛴 도장 선배들의 모습도 같이 올려됐다. 포스팅 끝에 유행어처럼 쓰이는 단어를 써보고 싶어서 쑥스럽지만 해시태그도 달아뒀다. #이멤버리멤버

주저앉은 마음을 다독이는 방법

나를 위로하는 건 고양이뿐이야

충청북도 음성에 있는 대한검도회 중앙연수원. 그곳에 가면 전면에 태극기가 위풍당당하게 걸린 체육관 건물이 사람들을 맞이한다. 천장에는 파란색과 주황색으로 칠한 용 두 마리가 그려져 있다. 유난스레 툭 튀어나온 눈. 그 네 개의 동그라미가 천장에서 땅에 있는 사람들을 쩨려보는 듯한데, 기분 탓이겠지.

이곳에서 전국의 4단 이상 유단자들이 모여 '강습회'라 불리는 교육을 받는다. 강습회 외에 5단부터 8단까지 높은 단에 해당하는 승단 심사가 열린다. 중앙연수원으로 향하는 유단자들의 행렬에 나도 끼어 있었다. 5단 승단에 처음 도전하기 위해 중앙연수원을 찾은 날이었다.

내게는 취미의 영역인 검도. 도전의 수준을 높여갈 때마다 뭔가가 마음에 걸리곤 한다. 5단 승단이라. 욕심이 좀 과한가. 4단 정도만 해도 얼추 10년 가까이 해야 심사 자격을 얻고 합격까지 갈 수 있다. 검도하는 사람들 사이에서는 4단부터 '사범님'이라 부를 만큼 기본적인 존중이 따라붙는다.

10년. 그 세월도 참 쉽지 않은 나날인데. 취미 차원에서의 노력이라면 이제까지 이룬 성취만으로 충분할지 모른다. 하지만 10년 이상의 시간을 거쳐 생활의 일부가 된 일상이 그저 현상 유지만으로 흘러가는 것도 어딘지 답답하다. 웬만한 건 다 알 것 같고. 그래서 확신에 찼다가도, 그 앎이 자기 바깥으로 더 나아가지 못하는 일상이라면. 훌쩍 높은 단계로 나아가는 내가 되길 욕심내는 것은 결국 나 자신에게 더 많은 즐거움을 가져다주기 위해서가 아닐까. 지금의 내가 싫다는 게 아니다. 주어진 몸과 마음으로 어디까지 갈 수 있을지 마음껏 뻗어나가보고 싶은 느낌에 가깝다.

이렇게 마음먹은 것치고 첫 5단 심사에 진지하게 임하진 않았다. 혼자 준비하는 과정에서 뭘 고쳐야 할지부터 감을 못 잡은 채 심사를 보러 갔다. 같은 목표를 향해 비슷한 마음으로 함께 나아가는 사람이 있으면 좋을 텐데. "5단은 한 번에 붙기 어려워." 도장 사범님들의 반응이 대부분 그랬다. 그렇다면 첫 번째에는 시험 준비를 어떻게 해도 떨어지려나? 그럼 결과를 생각하지 않고 시험장에 가볼까? 전국에서 심사를 보러 올 응시자들이 어느 정도 준비했는지도 궁금했다. 시험 응시조차 시험 준비의 일부로 삼겠다는 슬쩍 느슨한 생각으로 도전장을 내밀었다.

시험장에 도착해 진행 요원이 나눠준 시험 번호표를 받았다. 그 번호 순서대로 검도 실기를 치르는 1차 시험을 보게 될 터였다. 시험장 주변을 둘러봤다. 몸을 푸는 응시생들의 모습. 아, 저분은 어디 실업 선수구나. 저 선수는 전에 세계 대회에 참가했던 여자 국가 대표 같은데. 저분과 시험 상대가 안 되면 좋겠다(그런데 그분과 시험을 치렀다). 이런 사람들을 상대로 잘해야 1차 시험을 통과할 텐데. 실업 선수와 마주하게 된 만성피로를 겪는 생활체육인인 나. 운동이 생업인 사람 앞에서 뭘 할 수 있을까. 일단 시험을 보기 전에 사인을 받아둬야 할까. 마음은 좌절감과 팬심 사이를 왔다 갔다 했다. 곧 시험이 시작되었다.

8단인 심사 위원들이 일렬로 앉아 채점표와 펜을 들고 응시자들을 쳐다보고 있었다. 대련을 하는 나와 상대 사이에 몇 차례 공방이 오갔다. 확실한 실력 차이에서 오는 압박감. 상대를 압도해서 때리는 건 못하겠다. 내가 뭘 할 수 있으려나. 그나마 자세 잡기? 최대한 기세 있게 달려드는 수밖에. 내 칼은 상대의 타격 부위에 닿은 듯 닿지 않은 듯 시원스레 공격을 뿜어내지 못했다. 그렇게 1차 시험에 해당하는 대련이 끝났다. 전체 응시생들의 시험이 끝나고 곧 1차 시험 결과가 발표되었다. 역시. 합격자 명단에 내 시험 번호는 없었다.

4단 심사를 볼 때도 두어 번 떨어졌다. 몇 번 엉엉 운 적도 있지만 나중에는 결국 붙었으니까. 탈락도 하나의 과정이라 생각하면 내성이 생길 법도 한데, 시무룩해지는 건 어쩔 수 없나 보다. '괜찮아, 괜찮아, 괜찮아.' 마음속으로 반복했지만 쉽사리 괜찮아지지 않았다.

스스로를 다독일 방법을 떠올렸다. 당장 마음을 누그러뜨릴 마법의 뭔가를. 다행히 내게는 연수원에 올 때마다 마음을 기대는 든든한 친구들이 있다. 하얀 털, 구슬 같은 눈, 동그란 공기 알 두 개가 맞붙은 것처럼 생긴 입. 연수원에서 사는, 고양이라는 확실한 생물. 이 복슬복슬한 친구들은 자기 앞에 사람이 지나다녀도 별 경계 없이 무던하게 곁을 내준다. 나는 쪼르르 달려가 고양이들 앞에 털썩 주저앉았다. 등을 쓰다듬어도 잠자코 있는 친구들. 급기야 벌러덩 누워 바닥에 몸을 비비다가 배까지 드러내며 몸을 꼬물거렸다. 나도 모르게 입에서 "윽, 귀여워"라는 말이 튀어나왔다. 속상했던 마음도 찬찬히 누그러들고 있었다.

시험 응시도 승단 준비의 일부로 생각하자던 목표. 딱 거기까지는 성공한 것 같다. 다른 시험 응시자들의 동작이 어땠는지, 내가 넘어서야 할 그들과의 실력 차가 어느 정도인지 감은 잡힌다. 다만 어떻게 그걸 보완해야 할지는 잘 모르겠다. 이룰 수 있는 목표인가. 냉정하게 말하자면, 노력하면 잘해낼 거라는 믿음이 반드시 좋은 결과를 가져다주진 않으니까. 하지만 가능성의 영역인 내 성공을 믿는 것 또한 살아내는 마음과 몸의 근육을 기르는 일의 일부 같다. 같은 실패여도 나를 믿어준 끝에 맞는 실패는 좀 다르겠지.

순간순간 마음이 주저앉는다. 그럴 때는 혼자 웅크리지 말고 뭔가에 슬쩍 기대다가 다시 일어서야지. 이를테면 고양이의 체온 같은, 손을 뻗으면 닿을 수 있는 작고 뭉근한 따뜻함으로.

검도로 넓어진
마음 그릇

일이든 취미든 뭔가를 한다는 건
그것과 연결된 여러 이벤트를 겪게 된다는 의미다.
업무와 관련한 협력 업체 사람을 만나거나
콘퍼런스에서 새로운 정보를 얻는 것처럼
검도 수련을 통해서도 비슷한 경험을 해왔다.
검도가 아니었다면 만나지 못했을 사람이라든가,
영어 한마디 못해도 외국인과 대련으로
교류를 나누었던 순간들이라든가.
그렇게 세상과 연결되고
이전에 없던 경험들이 늘면서
나의 세계 또한 넓어졌다.

시합장 바깥에서 우는 사람

우리에겐 지는 시간이 더 많다

"여기서 이러시면 안 돼요."

몇 년 전 가을, 대회장. 누군가의 단호한, 그러면서도 다독이는 듯한 목소리가 들렸다. 소리 나는 쪽으로 고개를 돌려 보니 40대 후반에서 50대 초반으로 보이는 여자분이 검도 장비를 벗은 채 울고 있었다. 목소리의 주인은 그 곁에 선 다른 사람인 듯했다. 흰 셔츠에 자주색 넥타이와 회색 정장 바지. 심판 복장을 한 걸 보니 최소 5단 이상의 고단자일 것이다. 어쩌면 여자분이 소속된 도장의 관장님일 수도 있다.

빤히 보면 실례야. 다른 데로 눈을 돌렸지만 우는 모습이 자꾸 시선 끝에 걸렸다. 의젓함이 당연한 것처럼 보이는 어른의 삶이라지만, 나이에 상관없이 속상함에 무너지는 순간이 있나 보다. 그만큼 시합에 마음이 많이 갔던 걸까? 생업일 수도, 집안일일 수도 있다. 여러 이유로 바쁜 와중에 연습을 했을 텐데. 대회 당일에는 무거운 검도 장비를 들고 낑낑대며 시합장까지 오지 않았을까. 우는 이유를 짐작하는 순간, 마음이 부끄러움과 안타까움의 어느 사이를 오갔다. 사실 펑펑 우는 그 모습은 언젠가의 내 모습이기도 했다.

긴장감에 한껏 휘둘리다가 시합을 끝내고 나오면 펑 터지던 눈물보. 시합장에 들어가면 너무 긴장해서 제대로 해본 것 없이 지고 나왔던 나. 욱하는 마음이 튀어 올라 시합장 뒤편에서 씩씩대며 화를 냈다. 검도 수련의 지향점인 평상심과는 태양에서 지구 거리만큼이나 멀어진달까. 패배와 눈물의 추억은 시합장의 단골 서포터인 애인의 농담 소재로 차곡차곡 쌓여갔다. "시합 끝나고 머리에 쓰던 호면을 벗곤 엉엉 울었잖아", "그때 그 시합에서도 씩씩대며 화내고 울었지". 그런 말을 들을 때마다 나는 상대의 과한 기억력 앞에 "혼난다"라며 주먹을 불끈 쥔다. 버럭 한들 울었던 과거가 사라지지는 않지만.

울먹였던 기억과 함께 아쉬운 부분이 또 있다. 지고 나왔을 때 사람들이 보이는 반응이다. 시합장에서 지고 나온 선수에게 큰소리를 내는 지도자들을 보면 내가 혼난 것처럼 가슴이 뜨끔해진다. 꼭 지도자가 아니더라도, 어쩌다 나가는 단체전 시합에서 버벅거리면 관원들 사이에서도 타박하는 말이 오갈 때가 있다. "도장에서 하던 것보다 못했잖아. 너 시합 나간다고 해서 시간을 맞춘 건데." 쪼그라들게 만드는 말들에 둘러싸여 생각했다. 이렇게 혼나야 할 일인가.

나보다 단이 낮은 상대에게 진 적도, 압도적인 사람에게 간신히 시합 시간 3분을 버티고 나오기도 했다. 누워 있고 싶은 주말 아침에 일어나는 일. 무거운 검도 장비를 챙겨서 시합장으로 향하는 발걸음. 퇴근 후 간신히 도장에 가는 일. 그렇게 여러 시간이 켜켜이 쌓인 끝에 시합장에 갔다. 3분 동안 두려움을 안고 시합을 해냈다. 그런 노력의 과정을 가늠하지 않고 결과만으로 질책하고 싶지 않다. 함께 뛰어주는 사람이 있다면 지지하는 말을 건네고 싶었다. 단체전을 함께 뛸 사람이 별로 없어 이런 말을 건넬 기회가 닿지 않아 아쉬웠지만, 그렇다면 자기 자신에게라도 그 말을 해줘야지.

보통 우리 눈에 띄는 건 이긴 사람이다. TV 속에서 모습을 드러낸 금메달리스트, 경연 대회 우승자. 성취의 순간 반짝이며 빛나는 사람들 아니려나. 그들의 기쁨은 많이 들리지만 지는 사람의 마음은 잘 드러나지 않거나 쉬이 잊히는 것 같다. 하지만 내 삶의 대부분은 지는 시간. 친구와의 싸움, 아침 운동을 나가려던 결심, 회사 상사와의 관계, 낙선한 공모전, 마감 기한을 놓친 원고 등등. 지질한 삶의 시간이 더 길었다.

검도 시합에서도 마찬가지다. 이긴 날보다 지는 날이 훨씬 더 많았다. 더 많은 시간을 지는 마음으로 보내기에 그 시간에 대해 말해보고 싶었다. 그 마음을 어떻게 대했으면 하고 바랐는지에 대해서도.

가장 오래된 도장 선배, 애인

땀내와 기합이 난무하는 검도 커플

"이야아아아앞!"

단전 깊은 곳에서 우러나오는 기합. 귀를 찢듯 강하게 내리꽂히는 죽도 소리. 그야말로 도장이 쩌렁쩌렁 울렸다. 우두머리를 가리는 맹수의 싸움을 인간이 한다면 이런 식인가. 서로에게 돌진하는 두 사람. 그중 하나는 나. 다른 한 사람은 오래된 내 검도 선배인 애인이다. 속으로 '저 둘, 싸운 거 아냐?'라고 생각하며 힐끔힐끔 쳐다보는 관원들이 있었을지도. 하지만 우리는 그런 이목에 신경 쓸 틈이 없었다. 진짜 싸웠으니까. 한동안 말을 섞지 않다가 수련 도중 마주친 상황. 이렇게 된 바에 저 미운 놈(?)에게 한 번이라도 공격을 성공시킬 테다. 어째 덤빌수록 내가 더 많이 맞지만.

검도를 하면서 여러 사람과 만났다. 만난 사람의 수만큼 그들의 직업군도 퍽 다양했다. 시장 상인부터 무역 회사 직원, 학원 강사, 가수, 시민 활동가, 일용직 노동자, 보험 판매원, 소프트웨어 개발자 등등. 삶의 배경이 다른 이들이 검도라는 같은 취미로 모인 셈이다. 일본의 검도 선수들 직업으로는 경찰과 교사가 많다. 한국의 아마추어 검도인들도 그럴 거라 막연히 생각했는데, 실제와는 달랐다.

도장이라는 같은 공간에 모인다지만, 직업과 생각이 천차만별인데 친해지기 어렵지 않을까? 그 짐작 또한 빗나갔다. 검도장 관원들은 말보다 몸으로 더 많이 말한다. 공격을 주고받으며 서로의 손과 발이 가까이 마주치는 게 무예다. 땀 흘리며 칼을 주고받은 후에는 서로가 익숙해지니 말을 트게 된다. "아까 시도한 머리 치기 공격 좋더라고요", "하하, 감사해요" 하는 식으로 대국 내용을 복기하는 바둑 기사처럼 대련 내용을 되짚으며 이야기하는 데만도 말할 거리가 넉넉하다. 그렇게 말주변 없는 내게도 검도를 하면서 친구가 생겼다. 학교 선생님, 자영업자, 검찰 수사관 등 여러 직업군과 인연이 닿았다. 그중 제일 오래 알고 지낸 사람이 있으니, 그가 바로 엔지니어인 애인이다. 어쩌다 검도로 친구도 사귀고 연애도 해버렸다.

애인을 처음 본 것은 대학교 2학년 때였다. 새로운 도장에 등록하려고 체육관 문을 열었더니, 삭발한 사람이 거울을 노려보며 자세 잡는 연습을 하고 있었다. 체육관 조명이 머리에 반사돼 더 눈에 띄었을까. 검도하는 스님(?)을 보며 법당 안에 들어간 듯 마음이 짐짓 숙연해졌던 것 같은데, 2년 후 그 스님이 머리를 기르고 나랑 연애할 줄은 몰랐다. 20대 초반에 시작한 연애가 지금까지 계속될 줄은 또 몰랐다.

보통 연애 초반에는 사랑하는 두 사람이 한껏 꾸미고 만나 데이트를 하지 않나. 그렇지만 우리는 그럴 틈이 별로 없었다. 도장에서 무거운 호구를 쓰고 땀을 잔뜩 흘리곤 머리카락이 헝클어진 모습으로 만났다. 땀에 전 머리카락과 축축한 도복 냄새. 거기에 얌전해 보이는 말투는 고사하고 한껏 포효하는 기합부터 내지르는 이 연애, 괜찮은지. "땀에 전 도복 말고 예쁜 옷 입고 만나면 좋을 텐데." 우리를 보며 이렇게 말하는 친구도 있었지만, 직장 생활 때문에 수련 시간이 부족한 두 사람이 향하는 곳은 거의 도장이었다. 그런 이유로 커플 이벤트를 하기 좋은 크리스마스이브나 두 사람의 생일 등을 도장에서 맞이했다.

그래도 수련하다가 내가 다치면 반창고와 연고를 들고 나타나는 사람. 내가 시합에 나가면 에너지 드링크를 챙겨주는 사람. 가장 좋아하고 오래 하고 싶은 취미에 대해 왜 하고 싶어 하는지 이해시킬 필요가 없는 사람. 여기에 오랜 시간을 함께하며 같이 늙어버린(!) 시간의 힘까지 더해져갔다.

물론 애정과 친밀함, 취미라는 공통분모로 모든 게 극복되진 않는다. 열 살이라는 나이 차 때문인지 아니면 서로의 다른 성별과 성격 탓인지, 우리는 차이를 좁히지 못하고 종종 싸운다. 그런 와중에 함께하는 취미가 있다는 건 전쟁터 한가운데 비무장지대가 자리 잡은 듯한 느낌을 준다. 서로 어긋나다가도 취미라는 공통 영역에서 잠시 휴전한다. 그러면서 관계의 거리를 다시 좁힌다. 살벌한 싸움이 되기는 하는데, 그래도 말로 싸우는 것보다는 나은 듯싶다.

그리고 이건 조금 다른 이야기. 10년 이상 수련 생활을 하면 언젠가 애인을 이길 줄 알았다. 그런데 어쩌다 타격이 성공하긴 해도 아직까지 완전히 제압해본 적은 없다. "검도를 오래 하면 남편을 이길 줄 알았는데, 아직도 계속 맞더라고요." 다른 모임에서 만난 검도 커플 중 여자분에게서 내 마음과 비슷한 한탄을 들었다. 내가 수련해온 시간만큼 그도 수련을 하니 어쩔 수 없다. 그래도 예전보다 실력이 많이 나아져서 가끔 그의 허를 찌르니 미래를 기약해봐야겠다.

수련하는 동료이자 애인. 땀과 죽도가 버무려진 우리의 설렘과 유치함, 여기에 더해진 전우애의 향방은 앞으로 어떻게 될지. 모르는 것투성이지만 단언하고 싶은 것이 있다. 언젠가 대련에서 내가 제대로 된 한 방을 날릴지 모른다는 사실. 모쪼록 긴장하시라 그대.

지금의 나를 만들어준 사람들

사형들이 나눠준 마음의 조각이 모여

도장에 가면 선배들이 있다. 나보다 단이 높고 나이가 많은 검도 선배 겸 인생 선배인 사람도, 나이는 더 많지만 수련 기간이 짧고 단도 낮아서 인생 선배이기만 사람도 있다.

그분들은 대부분 40대 또는 50대 이상의 중년 남성이다. 피부로 느껴지는 나이 차와 성별 차가 있다. 후배가 잘 들어오지 않아 선배들과 있으면 만년 막내가 되어버린다. 대련하면서 함께 어울리는 시간이 좋지만 내가 검도 외적인 부분에 대한 생각이나 취향을 드러내며 대화하는 장면은 잘 상상되지 않는다.

나이 차가 많이 나는 선배들과는 적정한 수위의 농담을 하거나, 형 동생 하는 사이에 센 척 던지는 말장난을 주로 하면서 지낸다. 퇴근 후 늘상 얼굴을 봐와서 그럴까, 또는 이들이 나의 직장 상사가 아니어서일까. 언젠가부터 조금은 이분들 앞에서 편한 마음으로 말을 하는 순간이 생겼다. 대련할 때 동갑내기 친구한테 푸념하듯 입에서 나도 모르게 "애고 힘들어" 하는 말이 튀어나오기도 한다. 동갑내기 친구들과의 어울림과는 조금 다른 느낌이지만, 어쩌면 좀 거리가 있어 더 오래가는 사람들 같기도 하다.

"불가근불가원(不可近不可遠), 너무 가깝지도 그렇다고 너무 멀지도 않아야 하죠."

허허 웃음으로 도장 분위기를 부드럽게 하는 4단 돌 사범님의 말. 검도하는 사람 아니랄까 봐 사람 관계를 검도 대련의 중요 요소인 거리 감각에 빗대어 설명하다니.

키와 팔다리 길이 등등 저마다 다른 신체 조건 때문에 검도에서는 수련자마다 타격할 수 있는 거리가 다르다. 실제로 사람 관계에서도 서로 가깝다고 생각하는 거리의 기준도, 서로가 생각하는 친밀함의 기준도 다르다. 입 밖으로 말해본 적은 없는데, 존재감 자체로 선배들에게 애틋해질 때가 있다. 아무도 동의한 적 없지만 혼자 마음대로 이들을 무협 소설 속 캐릭터처럼 '사형들'이라 말해버린다.

사형들은 기본적으로 내게 본인 몸으로 습득한 검도 지식을 알려주는 안내자다. 또는 도장에서 내가 유단자로서 지켜야 할 예법을 놓칠 때 주의를 주는 예법 선생님이다. 때로는 검도 수련 과정에서 드러나는 유약한 내 마음을 수련 개선 사항에 빗대어 다독이는 마음 씀씀이를 발휘하는 오빠들(이라고 속으로 생각하되 절대 부르지는 않는)이다.

어린 시절 재지 않고 만나는 친구가 진짜라고 하던데, 그래도 수련의 도반으로서 중년으로 향하는 중 가까워지는 관계도 괜찮지 않을는지. 사형들과 나 사이는 적절한 존대와 가끔 불쑥 튀어나오는 반말이 섞여 거리감과 친밀함이 뒤섞인다.

이제껏 검도를 하며 다녔던 도장은 두 곳이다. 전의 도장에서부터 알게 된 선배라면 족히 7년, 지금 다닌 도장에서부터 알게 되었다 해도 4년 이상 알고 지낸 사람들. 그들 틈에 섞여 검도 이야기를 나누는 시간이 무척 자연스러워졌다.

승단과 시합 등 함께 겪은 이벤트도 여럿 되었다. 4단이 된

후부터는 사형들과의 대련에서 공격에 성공하는 순간이 늘었다. 실력이 좋아진 만큼 공유할 수 있는 대련의 몰입감도 그만큼 커져서, 사형들 사이에서 더 크게 웃고 말수가 늘어갔다.

사형들이 알려준 수련 지식 중 어떤 것들은 내 움직임 속에 녹아 있다. 지식이 몸으로 잘 표현되는 날은 하늘에 두둥실 떠오르는 것 같은 기분이다. 컨디션이 영 시원치 않은 날에는 몸이 땅으로 푹 꺼질 듯하다.

성취와 좌절의 반복 속에서 힘껏 땀을 흘리며 내 몸이 뭔가를 조금씩 해낸다. 그 과정에 마음을 내놓다 보면 내가 여자인지 남자인지, 어린지 나이 먹었는지 구분하는 일조차 생각나지 않는다. 우렁차게 기합을 내지르는 것을 쑥스러워하지 않는, 팔뚝의 선명한 전완근을 드러내며 죽도를 휘두르는 생활체육인. 이런 내 모습은 때로는 오래, 때로는 잠시 곁에 머물며 사형들이 나눠준 마음의 조각으로 이뤄져 있다.

잠깐 만나도 오래 안 사이처럼

시합장에서 만난 언니들

"저 선수 박력 좀 봐. 엄청 멋있어!"

"와, 확실히 1부 선수는 다르네요. 공격하면서 앞발을 구를 때 바닥이 탕탕 울려요."

"(구경 중인 시합장의 선수가 공격을 성공시키자 모두 놀란 표정으로) 우와와아!!"

모처럼의 시합장. 대회 첫 순서로 실업 팀 소속인 1부 선수들의 시합이 열리고 있었다. 일반부이자 2부인 우리 차례는 좀 더 나중이라 시합장에서 대기하듯 앉아 선수들 시합을 구경했다. 발을 탕탕 구르며 포효하는 1부 여성 선수들의 몸짓과 기합. 검도를 생업으로 삼은 이들의 박력은 대단하다. 그

건 생업과 육아 등 일상의 틈바구니에서 수련을 이어가는 생활체육인에겐 압도적이어서, 우리는 선수로 뛰러 왔다는 사실도 잊고 구경꾼이 되었다.

야구 같은 분야는 팬이라 해도 직접 그 종목을 플레이하는 경우가 많진 않을 텐데, 검도 팬은 대부분 본인이 직접 수련하는 생활체육인이다. 그러다 보니 시합을 볼 때 몰입감이 다르다. 시합하는 선수에게 본인의 마음을 이입할 수 있다. 선수가 감당해야 하는 긴장감과 공격을 성공시킬 때의 성취감, 지고 나올 때까지의 아쉬움도 고스란히 느끼는 것 같다. "이거 가져온 간식인데 먹어." 몇 년씩 시합장에서 꾸준히 봐온 언니들이 건네는 음식. 기다란 뭔가를 손에 쥐고 우물우물했던 것 같은데 바나나였던가. 아니면 소시지? 아무튼 신나게 먹으며 시합을 구경하고 있자니 치킨과 맥주가 함께하는 야구 관람이 부럽지 않았다.

"거기 음식 드시면 안 돼요." 지나가던 심판분이 주의를 줬다. 우리는 대회 안내 책자로 입 부분을 가리면서 손에 들고 있던 음식을 마저 입에 물고 흐흐 웃었다. 어울려 수다를 떨다 보니 실업 선수들의 시합이 끝나 있었다. 이제는 아마추어 선수인 우리 각자의 시합 시간. "다음에 또 보자. 시합 열심히 해!" 하고 서로 인사를 나누며 헤어졌다.

이렇게 친근해진 언니들 중에는 전에 다니던 도장에서 잠시 함께 운동했던 사이라든가, 시합에서 대진 상대로 반복해서 마주친 사람도 있다. 여자만 출전할 수 있는 전국구 여자 검도 대회에 나가면 익숙한 사람들이 전국 단위로 넓어진다. 다소 어색하더라도 자꾸 마주치다 보니 자연스레 인사를 나누게 된다. 각자의 도장에서 수련 생활을 이어가는, 시합에 나올 만큼 검도에 진심인 언니들을 만나는 것 자체로 어딘가 연결되는 것 같다.

"시합 힘내세요!"

"아까 2코트에서 시합하시는 거 봤어요. 완전 잘하시던데요?"

"심판이 점수를 인정해주지 않아서 아쉽더라고요. 충분한 타격이 나왔는데."

배를 간질간질거리는 긴장감 속에서 서로 인사하며 다독이는 말들. 그러다 언니들이 건네주면 간간이 까먹는 간식까지. 이 맛에 시합장을 꾸준히 나오는 거지!

성별이 같은 사람에겐 설명하지 않아도 공유되는 느낌이 있다. 그러면서도 일상에서 늘 부대끼는 사람은 아니기에, 낯섦과 경외감을 느끼기도 한다. 단체전에 출전하는 다른 도장 언니들을 살펴보면 시합 전 몸을 풀어두거나 파이팅을 외치는 그들만의 방식이 있다. 그걸 곁에서 힐끔 지켜볼 때면 "아, 저렇게 하는 거구나" 하면서 신기해한다. 선수가 부족해 주로 개인전에 출전하는 나로서는 협동하는 몸짓을 나눌 동성 동료의 존재가 부럽기도 하다. 그런 협동의 몸짓을 나누는 것 자체로 왠지 나보다 더 많은 경험을 쌓은 것 같아 멋져 보인다.

그렇게 슬슬 친근감을 느끼는 가운데, 혼자 시합에 와서 쩔쩔매는 사람을 보면 도와주기도 했다. 다른 지역에서 서울까지 시합을 하러 온 사람 중 본인의 시합 영상을 찍어줄 일행이 없는 경우도 있었다. 그런 사람과 자연스럽게 말을 트면 "시합 영상 찍어드릴게요" 하고 상대 휴대폰을 받아 들게 된다. 상대의 시합을 영상으로 남기면서 파이팅을 외친다. 혼자 시합장에 와서 쩔쩔매던 내 생각이 나서다. 친절이 과한가. 그래도 손을 내밀지 않는 것보다 내미는 편이 훨씬 좋은걸.

잠깐 친밀해졌다가 오래 멀어지는 사이, 또는 한두 번 마주치면서도 다시 만날 거란 보장은 없는 사이. 즐거웠던 시간이 마음에 남기는 할까. 다음에 보면 어색하지 않을까. 그래도 시합장에서 만나면 또 정답게 인사를 나눠봐야겠다. 볼 때마다 반갑기를, 가능하다면 그 이어짐이 계속되기를.

누군가가 떠나갔을 때의 태도

관원 한 사람의 존재감

전에 다니던 도장에는 60~70대 정도의 검도 초심자 할아버지들이 있었다. 검도 경력으로 생각하면 까마득한 후배다. 그러나 인생에서는 내가 그들에게 까마득한 후배라 할아버지 후배님이라 부르겠다. 늦은 나이에 새로운 도전을 할 수 있다는 인생의 교훈을 준 분들 아닌가.

"저도 잘 알아요. 제가 늙고 힘없는 노인이라는 걸. 그래도 하고 싶어요. 저도 좋으니까 시작이라도 해보고 싶어요."

발레 배우는 심덕출 할아버지가 주인공인 드라마 〈나빌레라〉가 생각난다. 노쇠한 몸으로 중력에 저항하는 까치발과 애틋한 눈으로 발레 동작을 하는 덕출 할아버지가 꼭 할아버지 후배님들 같다.

보통 검도에 입문한 초심자는 약 3개월간의 기본 연습 기간을 거친 후 정식으로 검도 호구를 쓴다. 할아버지 후배님들도 꾸준한 기본 연습 끝에 호구를 맞췄다. 그렇게 찾아온 대련 데뷔. 빽빽이 있는 중년과 간간이 있는 20~30대 남자들. 할아버지 후배님들은 이들의 틈바구니에서 과연 살아남으실는지. 그런데 의외로 이분들이 내려치는 죽도는 중년 선배들의 그것보다 힘이 약한 듯싶으면서도 꽤 묵직했다. 지기 싫어하는 호승심과 어깨에 잔뜩 들어간 힘. 그 죽도가 내 몸 어딘가의 타격 부위를 두드릴라치면 오소소 무서워졌다. 내 죽도로 할아버지 후배님의 죽도를 슬쩍 흘리거나 정면으로 막으면서 '아, 저거 맞으면 아프겠다' 하고 속으로 움찔거렸다.

좀 부끄러운데, 사실 할아버지 후배님 한 분 한 분을 개개인의 존재감으로 대한 적이 별로 없다. 대화할 접점이 없어서, 또는 나이 차 때문에 예의를 지켜야 해서. 그럼에도 할아버지 후배님 중에 검도와 관련해 궁금한 부분이 생기면 마치 어린 학생들처럼 이것저것 질문하는 분이 있었다. "머리 치기 동작은 이렇게 하는 건가요?", "이런 건 잘 모르겠네요" 하고 종종 자잘한 것을 질문하면 답해드렸던 기억이 난다. 도장 관원들의 모임인 검우회의 회장님 역할도 했던 그분. 깡마른 몸. 검은 테 안경. 흰 셔츠와 회색 바지. 얼굴에 가득한 주름. 젊은 사람들도 자기가 참여하지 않으면 관심이 없을 승단 심사나 시합장에 종종 찾아와 심사장 사람들을 살펴보러 오시곤 했다. 행사장에서 자리를 지키고 있던 도장 젊은이들은 선배님의 부지런함에 종종 놀랐다.

내가 전 도장을 떠나 지금의 도장으로 옮긴 지 5년. 그 할아버지 후배님을 안 뵌 지도 그쯤 되었다. 후배님의 모습을 뚜렷이 기억하며 지내진 않았다. 나랑 죽이 잘 맞는 선배와의 기억은 10년이 지나도 떠오르는데, 할아버지 후배님에 대해서는 흐릿하기만 했다. 그러던 중 소식을 다시 들은 건 이전 도장 네이버 밴드의 새 글 알림에서였다. 무슨 소식인지 궁금해 슬쩍 눌러봤을 뿐인데, 그냥 게시글도 아니고 그할아버지 후배님의 부고라니. 아버지가 돌아가셔서, 어머니가 돌아가셔서, 라는 공지는 종종 봤지만 수련자 본인이 죽었다는 내용으로 올라온 게시글은 처음 봤다. 코로나로 도장

이 한창 문을 닫았던 때라, 도장 사람들도 할아버지가 돌아가신 후 한 달이 지나서야 소식을 알게 된 것 같았다.

모처럼 예전 도장에서 시합했을 때 찍은 사진을 뒤졌다. 거기에는 다른 할아버지 후배님들과 함께 손가락으로 브이를 그리며 웃는 후배님의 모습이 있었다. 혹시 옛날에 내가 이분이 말을 걸 때 귀찮은 기색을 내비치지 않았을지. 도장의 인연 중에 검도에 질려서 그만두고 사라진 사람은 있었어도, 애정을 꾸준히 갖고 있던 수련자의 부고로 빈자리가 생기는 일은 참으로 낯설다.

"살다 보면 인생에서 자꾸 누군가가 사라져."

어느 날부터 아버지가 푸념하듯 말씀하시는데, 그 말을 그냥 흘려듣지 못하겠다. 눈앞의 사람을 '어떤 할아버지 후배님'이 아니라 이름 석 자의 존재감으로 대할걸 그랬다. 사소한 순간이어도 이 사람과 마주하는 유일한 시간일 수 있다고 생각했다면 좋았을 텐데.

격투의 언어로 마음을 부딪히다

이국에서 쌓은 검도의 추억

혹시 생전 처음 간 장소에서 뜬금없이 사람들과 부대껴 운동해보신 적이 있는지?

검도인에겐 이런 일이 종종 생긴다. 사람들이 보기에 검도인의 수련 무대는 각자가 다니는 도장이라고만 생각할지 모르겠다. 헬스나 필라테스 등을 하는 사람들에겐 어쩌면 당연하겠지만.

검도인은 때로 다른 도장을 방문해 칼을 나눈다. 칼과 칼의 만남이기도, 또는 칼을 매개로 한 사람 사이의 만남이기도 한 교류. 죽도가 맞부딪치는 가운데 승패는 물론 서로의 성격을 가늠할 수 있다고나 할까.

급하게 몸이 튀어 오르는 사람, 한 대 맞고 나면 분한 마음이 바로 드러나는 사람. 말로 표현하지 않아도 칼을 통해 나타나는 사람의 마음은 다양하게 읽힌다. 검도를 하면서 여러 사람의 감정을 만난다니, 낯을 가리는 나로서는 무척 신기하다.

같은 나라에서 다른 지역 사람들을 만날 때도 문화 차이가 느껴진다. 도장마다 고단자가 앉는 자리라든가, 운동 운영 방식이 달라 낯설어지는 것이다.

다른 나라에서 검도할 땐 어떨까. 문득 그런 생각이 들었다. 때마침 가게 된 캐나다 여행에서 남은 이틀 동안 어디로 갈지 고민하던 찰나였다. 인연이라는 게 있는 걸까. 어쩌다 보니 검도장 관장님이 종종 찾는 캐나다 토론토의 도장으로 갈 기회가 생겼다. 비행기를 타고 날아가 그곳에서 만난 외국인들과 칼을 나누게 된다니. 생경한 기분이었다.

현지 도장 사람들과 안부 인사라도 나누려면 영어 회화를 미리 준비해야 하나. 그런 걱정이 앞섰지만 그냥 언어 걱정을 하지 않기로 했다. 검도 대련 방식은 만국 공통이다. 어차피 대련 땐 말이 필요 없다. 외국에서 시합한다고 늘 때리던 타격 부위가 달라지진 않을 테니까.

"우리 도장 관장님이 토론토에 계실 때 그곳 도장에 가보면 어떨까?"

오래전 애인과 나눈 대화가 이 경험의 시작이었다. 출발 전까지 여러 상황에 휘둘려 갈 수 있을지 확신할 수 없었지만, 정신 차려보니 뱉은 말의 힘에 휩쓸리듯 애인과 호구를 들고 토론토에 도착해 있었다.

난생처음 본 캐나다 동부 지역의 단풍은 무척 예뻤다. 색색의 선명한 붉은색과 노란색. 이걸 보는 것이 죽기 전 버킷리스트라고 호언장담할 수 있다. '단풍국'이라 불리는 나라의 선명한 가을 풍경을 마음에 새기면서 토론토에서 오타와, 몬트리올과 퀘벡을 거쳐 다시 토론토로 향했다. 토론토의 일본-캐나다 문화센터에서 운영하는 검도 프로그램. 여기에서 이틀간의 도장 수련이 시작되었다.

문화센터 건물에 들어서니 왼편에 투명한 유리로 둘러싸인 도장이 보였다. 그 옆에 놓인 의자에는 사람들이 앉아 도장 안에서 수련하는 모습을 구경했다. 검도를 하지 않는 사람도 관심을 갖고 도장 안 풍경을 볼 수 있다. 그런 점에서 한국의 사설 도장이 수련을 위한 아지트 같다면 그곳 도장은 시민들과 가까운 체육 시설 같았다.

도장 맞은편 벽면은 검도는 물론이고 활을 쏘는 궁도, 진검 수련을 하는 거합도까지, 센터에서 진행하는 무술 프로그램 홍보물로 빽빽했다. 홍보물과 함께 다양한 인종으로 이뤄진 도장 관원들의 단체 사진도 붙어 있었다.

관원들 사진이 있는 벽면을 지나 쭈뼛쭈뼛 쑥스러워하며 탈의실로 들어갔다. 미국 하이틴 드라마에서나 보던 로커 룸의 모습이 펼쳐졌다. 미국 드라마에 출연한 한국인이 된 것처럼 퍽 들떴다.

도장을 방문한 이틀 동안 여러 사람과 대련했다. 캐나다 도장 사람들이 검도 종주국인 일본어 그대로 'men(머리)-kote(손목)-do(허리)'라고 타격 부위를 외칠 때, 나는 한국말로 "머리! 손목! 허리!"를 외치며 빈틈을 파고들었다. 어어, 이 사람 봐라. 한 치도 양보 안 하네. 나라고 질쏘냐.

손목 공격을 성공시켰을 때 "nice kote(좋은 손목)"라고 외쳐준 일본계 캐나디안 사범님. 빠른 스피드와 힘으로 팡팡 몸을 밀고 들어왔던 중국계 캐나디안 남자 관원들. 몸의 탄

165

력과 힘이 남달랐던 남미 계열 사람까지. 자유대련 시간에 조용히 다가와 "Shobu(승부)"를 외치고선 박력 있게 기합을 지르며 나와 시합한 초등학생 친구. 말은 안 통하지만 다양한 성격만큼은 칼끝으로 선명하게 느꼈다.

이틀간의 수련을 끝내고 일본계 캐나디안 사범님을 포함해 그곳 도장의 고단자 사범님들과 작별 인사를 했다. 사범님이 만나서 반가웠다는 말과 함께 "다음번에 오면 호구를 마련해둘게요. 무겁게 짐 가져오지 마세요"라고 하셨지만 지구를 빙 돌아 토론토까지 또 올 수 있으려나.

보통 여행지에서 그 나라 사람을 만나면 왠지 여행이 평면적으로 느껴진다. 잠깐 스치는 인연이니 대화도 짧고, 어쩐지 친절하게 웃는 얼굴조차 관광지 풍경의 일부 같다. 그런데 죽도로 마주하는 사람들은 풍경 같지 않았다. 몸을 던지는 호승심, 어떻게 이길지 골몰하는 눈치 싸움, 자기가 질 것 같으면 어딘지 심통 난 마음을 드러내는 몸짓까지. 움직임에서 사람의 마음이 입체적으로 드러났다. 현지 사람들의 일상에 녹아들 듯 여행하는 게 꿈이었는데, 그걸 처음 가능하게 해준 게 검도일 줄이야.

바다 건너 비행기를 타고 가도 사람 마음이 다 비슷하게 느껴진다. 전부 그렇다고 확신할 순 없겠지만 적어도 내가 경험한 격투의 언어 안에서만큼은 그랬다.

운동도 삶도 해내게 해준 든든한 다리

몸을 편협하게 바라보는 시선에서 벗어나기

"픽!"

언젠가 회사에 반바지를 입고 간 날, 남자 상사의 발이 공을 차는 축구 선수의 그것처럼 내 다리로 돌진했다. 깜짝 놀라 "갑자기 왜 다리를 차요?"라고 물었더니 "든든해 보이니 쳐야 할 것 같아서"라는 답이 돌아왔다. 내 귀를 의심했다. 겨우 그런 이유로?

몇 번을 되뇌었다. '내 다리는 죄가 없다고!' 문제는 머리의 확신과는 다르게 마음이 쭈그러들었다는 사실이다. 단단한 나의 다리가 잘못도 단단히 해버린 거면 어쩌나 싶었다. 왜 나쁜 말은 이리 강하게 마음에 콕 박힐까. 농담이라며 자기 허벅지 두께를 손으로 잰 다음 그 간격만큼 손을 벌려 내 허벅지 두께를 가늠하며 "히익" 소리를 낸 친구도 있다. 다리 두께에 대한 주변 반응이 쌓여갈수록 내 다리는 긴바지와 롱스커트 안으로 꼭꼭 숨었다.

그런데 다리가 드러나는 걸 걱정하지 않게 되는 순간이 있다. 도장에서 도복 바지를 입을 때다. 길고 통이 넉넉한 도복 바지는 다리를 다 가려주는 데다 팔랑거려서 착용감이 편하다. 편한 도복 바지 안에서 자유롭게 도장 곳곳을 뛰어다니는 내 다리. 무엇보다 도장에서만 신경 쓰게 되는 다리의 쓸모가 있다. 그 쓸모를 염두에 두다 보면 내 다리를 가늠하는 다른 언어를 갖게 된다.

앞에 놓인 오른발과 뒤에서 몸을 받쳐주는 왼발. 그 두 발의 협응이 잘 이뤄지는지. 왼발은 몸을 차준 다음 바로 오른발 뒤편으로 잘 따라붙는지. 왼발로 몸을 밀 때 발은 어떤 자세를 취해야 하는지. 모두 움직임에 대한 요소다.

다리에 대한 관점을 의식적으로 바꾼 게 아니다. 헉헉대며 상대를 어떻게 공격할지 골몰하느라 기능 외적인 부분에 신경 쓸 여력이 없는 상태에 가깝다. 한마디로 어쩌다 얻어걸린 상태. 맞는가, 때리는가. 당장의 상황을 해결하기 위한 움직임에 집중하는 일. 이 단순한 이분법에 푹 빠져 발버둥 치는 동안은 마음이 단순해진다. 단순해지는 만큼 자유롭다. 다리를 바라보는 눈도 달라진다. '어떻게 보이는가'가 아니라 '무엇을 어떻게 하는가'의 문제가 된다.

"왼쪽 다리가 몸을 앞으로 충분히 밀어주려면 어떻게 해야 할까?"

"뒷다리가 몸을 밀어주는 순간 바로 앞다리 뒤에 따라붙어야 다음 공격을 할 수 있어."

몸의 운용에 대한 이런 이야기가 관원들 사이에서 오간다. 죽도는 팔로 내려치지만 그 죽도에 결정적인 힘을 실어주는 건 다리다. 상체와 하체의 움직임이 죽도 끝으로 잘 전달되면 타격감이 상쾌하면서도 묵직해진다. 그야말로 근사한 움직임이 가능하도록 도와주는 든든한 재원 아닌지! 급기야 선배들에게 이렇게 말하기에 이르렀다.

"사실 잘 다루지 못해서 그렇지, 제 다리가 검도하기에 참 좋아요. 튼튼하고 힘도 있다고요."

일하랴 운동하랴 바쁜 일상. 그 틈바구니에서 내 다리에 마음 쓰는 시간을 할애해야 한다면 남이 아닌 나에게 즐거운 방식으로 하겠다. 많은 사람이 다리 모양이 주는 만족감에 대해 말하지만, 든든하고 튼튼한 신체로서 다리가 주는 즐거움은 몸으로 생생히 느낄 수 있는 종류의 것이다. 강한 다리 도약력으로 상대의 머리 정중앙에 죽도를 내리꽂는 일. 그 효용감이 주는 쾌감은 꽤 압도적이다. 검도 수련자에겐 그 순간이 엄지를 추켜세울 만큼 환상적이다.

이제 나는 유튜브 검색창에서 '다리 가늘어지는 스트레칭' 같은 검색어 대신 '무릎 통증 보완하는 근력 운동' 같은 검색어를 입력한다. 다리를 단련하는 데 집중하거나 다치지 않도록 무릎을 보호해주는 데 더 주의를 기울이는 것이다. 운동 강도가 과하다 싶으면 무릎과 아킬레스건에 통증이 온다. 그럴 땐 운동 강도를 슬슬 낮춘다. 통증이 사라지면 다시 천천히 몸에 시동을 걸며 운동 강도를 높인다.

상체를 지탱하면서 몸을 어디로든 움직여주는 내 다리. 종종 다른 사람의 매끈한 다리를 보며 부러운 마음이 드는 것은 막을 수 없지만, 그게 내 다리에 느끼는 고마움을 줄일 수는 없다. 성큼성큼 걷기. 그 이상으로 뛰고 구르기. 몸의 효능

감을 충만하게 느끼게 해주는 다리에 많은 빚을 지고 있다.

최근 몇 년 사이에 일어난 변화 중 하나는 다리를 세상 밖으로 꺼내놓고 다닌다는 것이다. 무릎 위로 제법 올라간 기장의 쇼트팬츠. 그 바지 사이로 몸을 지탱하며 튼튼하게 아래로 뻗은 다리. 훤히 드러난 다리 살갗에 살랑살랑 바람이 닿는다. 내려간 체온만큼 세상을 대하는 마음까지 너그러워지는 듯한 느낌. 좋다. 성큼성큼. 두 다리를 힘차게 움직여볼까.

오독 없이 마음을 읽고 읽히는 시간

서로를 진정으로 이해한다는 것

"아까 머리 치기 공격할 때 뭔가 생각했지? 뭐였어?"

찌는 듯 더웠던 어느 해 여름, 수련을 마치고 다 같이 도장에서 나와 걷다가 함께 대련했던 5단 안경 사범님이 말을 꺼냈다. 순간 내 눈이 살짝 커졌다. 실제로 몸을 던질 때 어떤 생각이 들었기 때문이다. 어떻게 아셨을까? 마음에 구멍이 뚫려 말이 새어 나갔나.

사범님과 대련할 때 계속 맞기만 했다. 그러던 와중에 '상대의 중심을 뚫고 머리를 쳐보자'라고 마음을 다잡았다. 사범님이 휘두르는 죽도의 타이밍과 속도를 감안했을 때 '지금이다' 싶은 순간이 있었고, 그때를 기다리다가 몸을 훅 던졌다. 마음먹고 실행한 공격은 깔끔하게 성공! 수련을 끝내고 도장 밖을 나오면서 그 순간을 혼자 뿌듯해하며 복기하는 중이었는데, 갑자기 그런 말씀을 하시다니 신기하기도 하고 살짝 무안한 감도 있고, 뭔가 들킨 기분이 들었다.

맞을까 두렵다. 그래도 몸을 앞으로 내던진다. 방어할 여력을 한 줌도 남기지 않겠다는 몸짓. 눈앞의 상대가 나보다 압도적으로 강한 순간도 있겠지만, 그런 순간에도 내가 할 것을 하기. 그런 박력과 각오가 마음에서 일어나 몸으로 튀어 나간다. 누군가는 그렇게 드러난 마음을 읽는 걸 테다. "어디 칠 테면 쳐봐라, 그런 마음으로 상대를 압박하며 대련에 임하는 겁니다." 일본의 검도 수련 유튜브 영상에서 이런 마음가짐을 설명하던 고단자의 말이 생각난다.

반대로 내가 상대의 마음을 읽을 때도 있다. 어떤 사람은 대련 도중 내 머리를 공격한 직후에 그냥 터벅터벅 걸었다가, 내가 공격 횟수를 늘린 이후부터 나를 향해 죽도를 계속 내려찍었다. 터벅터벅 걷는 모습에서는 왠지 '시시하다'라는 마음이, 내려찍는 죽도에서는 어떻게든 이기려는 마음이 몸 밖으로 뛰쳐나온 듯했다. 상대를 낮춰 보는 마음씨가 드러나는 듯도 하고…. 검도 장비를 착용하기 전까지는 꽤 정중한 말투로 대화하는 사람 같았는데 잘못 봤나 보다. 그런 점에서 말로 드러나는 상대의 모습보다는 몸으로 부딪쳐가며 느껴지는 성격이 더 진심 같다.

내가 상대에게 읽히고, 나도 상대를 읽고. 더 재미있는 순간은 서로가 같은 상황을 염두에 두고 짧은 대화만 툭툭 던지는 때다. 남들이 볼 땐 무슨 말인지 모를 테지만 같이 대련한 사람은 함께 겪은 시간이 있으니 "그런 거야", "이렇게 할걸" 같은 말을 뜬금없이 툭툭 던져도 상대의 마음을 이해하게 된다. 아, 그 순간에는 나도 그랬지, 하는 마음이 든다. 상대의 마음을 이해한다기보다 느낀다는 표현이 더 맞겠다. 이런 방식으로 느껴지는 타인의 존재감이, 타인의 마음을 제대로 이해하는 나 자신이 좋다. 그래서인지 대련이 끝난 후 선배들과 대련 내용을 복기할 때 나누는 대화에 마음이 따뜻해졌던 것 같기도 하다.

비교적 온전한 이해의 순간. 대화의 밀도가 높진 않아도 오독은 없는 것 같은 느낌. 말로 하는 대화를 시작하면 또 서로 오해할 수 있으려나. 그래도 몸으로 하는 대화만큼은 충

실히 이해한 듯한 느낌. 연결되는 감각 자체가 주는 충만감

으로 조용히 마음이 넘실댄다.

좋아하는 걸 진지하게 하는 사람,
마음이 이어지는 한 계속

지금 다니는 도장에서 토요 수련을 하던 때가 있었다. 정규 수련 시간인 주중과 달리 도장에 등록하지 않은 사람들도 찾아오는 시간이었다. 종종 외부 사람들이 호구를 들고 찾아왔는데, 모인 사람들이 각양각색이었다. 그런 만큼 경험할 수 있는 대련 스타일도 다양했다. 주중과 주말의 도장을 생각하면 같은 장소에 각기 다른 두 도장이 열린 듯한 느낌. 그런 게 좋아 토요일 수련 시간에 웬만하면 빠지지 않고 나갔다.

주말 수련자들이 보기에 주중 수련에 이어 토요일에도 나오는 내가 신기했나 보다. 어떤 분이 나에게 "검도를 진지하게 하시나 봐요"라고 말했는데, 그 말이 어찌나 쑥스럽던지. 과하게 좋아하는 걸로 보였나? 마음 한편에서 검열관의 목소리가 들렸다. '주말에 호구를 들고 다른 도장까지 와서 운동하는 본인들 열정도 만만치 않잖아요?'라고 속으로 생각하면서 검도를 좋아하는 스스로의 마음 크기를 가늠해봤다.

결국 "진지하게 할 만큼 검도를 좋아하는 이유가 뭐예요?"라고 묻는 누군가의 말에 "이걸 할 때의 나 자신이 좋아서요"라고 답했다. 실력은 둘째 치고 능동적으로 움직이는 내 모습이 마음에 든다. 아무도 시키지 않았는데 스스로 뭔가 하다니. 시키는 만큼 돈을 받는 게 당연하게 느껴지는 이 세상에서 무척 부자연스러운 일이지 싶다.

정해진 시간을 초과해 뭔가 하기를 싫어하는 내가 운동만큼은 두 타임씩 뛴다. 영어 공부를 하겠다는 결심을 적어두고도 잊어버리는 내가 승단이나 시합에서만큼은 꾸준히 관심을 기울이고 실행까지 한다. 주변 사람을 살피는 데 무심하다는 말을 듣지만, 검도장 사람들의 대소사에는 관심을 보인다. 일상의 다른 부분을 살펴보면 이런 일이 흔치 않다. 생계와 크게 상관없는, 쏟아부을수록 통장 잔고 측면에서는 마이너스인 일에 좋아한다는 이유 하나로 마음을 쏟는 일상. 비효율을 몸소 실천하는 나 자신은 어쩌면 뼛속까지 취미형 인간이 아닐까.

하지만 분명한 점이 있다. 검도를 처음부터 이렇게 좋아하진 않았다는 사실. 시간과 노력. 좋아하는 마음을 얻는 대가로 이 두 가지를 지불했다. 그 과정에서 수련하는 주변 환경이라든가, 도움을 주는 선배들 등 좋아하는 마음을 이어가는 데 필요한 여러 요소가 섞여들었다. 이후 사회생활을 하면서 새로운 뭔가를 좋아할 때 생각이 조금 바뀌었다. 보자마자 "이거야!" 하는 일도 있지만, 그만큼의 에너지와 시간을 쏟아야 좋아지는 일도 있다고.

글쓰기로 치면 처음부터 잘 쓸 수 없다. 그림도 처음부터 성에 차게 그려질 리 없다. 처음에는 낙서, 그다음에는 짧은 글, 점차 긴 글로. 반복을 참아내고 매일 쌓인 결과물을 살피는 과정. 어떤 분야든 이 부분은 마찬가지다. 반복을 통한 단련 끝에 숙련도가 어느 정도 높아져야 재미있어진다. 나는 검도를 통해 지루함의 반복을 견디지 못하는, 내가 가장 미

숙했던 부분을 조금은 극복하게 되었다.

검도 자체로도 얻은 것들이 있다. 검도를 하면서 익히게 된 기술, 함께 수련하는 도반, 시합이나 승단 등 성장의 이정표 같은 관문을 넘나들며 갖게 된 성취의 기억. 수련 경험이 나를 더 나은 인간으로 만들었을까. 꼭 그렇진 않겠지. 하지만 적어도 뭔가 새로운 시도를 할 때 조금 더 덜 망설이며 뛰어들게 만들지 않았는지. 그 시도를 통해 또 새로운 일상을 가꿀 수 있게 도와준 건 아닌지. 그 정도의 감으로 스스로의 수련 생활을 돌아본다.

겁 많은 나. 자기 실력을 못 믿는 나. 마음이 약한 내게 검도가 그리 잘 맞는 옷은 아닐지 모른다. 그래도 함께해온 시간만큼 검도에 맞아 들어가는 내가, 또는 때로 검도 자체가 나에게 맞춤옷처럼 맞아 들어간 시간이 되었을 거라 믿어본다.

무엇보다 좋은 책을 읽거나 영화를 보면서 아름다움을 느끼는 것처럼, 원래 성미에 맞게 조용조용 해온 취미 생활인 검도에서 나만의 즐거움을 발견했다. 잘 가다듬은 자세와 정확한 타격. 그걸 해내는 몸의 동작. 그런 것들이 수련하는 사람의 마음에, 또는 그 수련의 성과를 지켜보는 주변 사람들

처음 검도를 시작했을 때는 시행착오가 많았다.

기본기

근력 운동

검도 영상 보기

단련과 반복. 조금씩 대련에 익숙해진다.

의 마음에 뭔가를 전해주기도 한다. 이것은 수련하지 않는 사람들이 공감하기에 조금 어려운 부분일지도 모른다. 수련하는 사람들끼리는 알게 모르게 공유하게 되는 우리만의 재미가 있다.

앞으로도 꾸준히 생활체육인으로서 일상을 유지할지, 아니면 어느 날 그만둘지, 또는 이 취미 생활을 취미 이상의 영역으로 끌어올릴지. 그건 앞으로 나를 더 지켜봐야 알게 될 일. 일단 지금 나는 좋아하는 뭔가에 진지해지는 '취미형 인간'임에 분명하니까, 이 마음에 충실해보자. 좀 과하게 좋아하는 걸로 보여도 남 눈치 보지 말아야지. 좋아하는 걸 찾았다는 사실 자체로도 흔치 않으니까.

그러니까, 네. 저는 검도를 진지하게 하는 것 같아요. 좋아하는 마음이 이어지는 한 계속 진지해져보려고요.

검도 인생 20년 차, 죽도를 죽도록 휘두르며 깨달은 것들

매일 **수련** 마음 **단단**

초판 1쇄 발행 2022년 7월 19일

지은이 이소
펴낸이 민혜영
펴낸곳 (주)카시오페아 출판사
주소 서울시 마포구 월드컵로14길 56, 2층
전화 02-303-5580 | **팩스** 02-2179-8768
홈페이지 www.cassiopeiabook.com | **전자우편** editor@cassiopeiabook.com
출판등록 2012년 12월 27일 제2014-000277호
책임편집 진다영 | **책임디자인** 이성희
편집 1팀 최유진, 오희라 | **편집 2팀** 이호빈, 이수민, 진다영
디자인 이성희, 최예슬 | **마케팅** 허경아, 홍수연, 이서우, 변승주

ⓒ이소, 2022
ISBN 979-11-6827-053-4 03810